AF434428

De Avonturier

Een western roman

Richard G. Hole

Far West

Een paar maanden lang waren de straten van San Francisco een tragisch slagveld.

De schutters wijdden zich aan het zoeken naar hun zwakste rivalen in het vak en jaagden ze zo goed mogelijk op, en in die tijd was de begraafplaats van de stad een pelgrimsoord van doodskisten die rigoureus moesten wachten op hun beurt om hen de kans te geven hen te voorzien van een ruimte om te rusten in een eens voor altijd ...

De avonturier is een verhaal dat behoort tot de Far West-collectie, een verzameling romans ontwikkeld in het Amerikaanse Wilde Westen.

DE AVONTURIER

HOOFDSTUK I

WAPENSMANAGEMENT

San Francisco, de parel van de Stille Oceaan, trilde van opwinding, met ongewone vreugde, met mensen die werden aangevallen door de hoogste koorts; het was als een kolossaal gekkenhuis, zo groot dat gekken er los in leken te zijn, terwijl ze in feite opgesloten zaten in dat exotische stukje wilde kustlijn.

Dat waren de verheven tijden waarin goud, als de hefboom van de wereld, er zeker van kon zijn dat het waardeloos was vanwege zijn overvloed, en toch vochten mensen en doodden elkaar koeltjes om het te bezitten en de meest gedurfde mannen van de vier windstreken, ze kwamen naar San Francisco aangetrokken door zijn pracht en door de gemakkelijke manier om het te winnen, op voorwaarde dat het gemakkelijk werd begrepen een hard hart te bezitten, een suïcidale onstuimigheid en een behendige en gecultiveerde hand die het veulen hanteerde.

Met deze elementen was het mogelijk om prachtig te leven en het gele metaal te koesteren; Iedereen die 'zijn man had vermoord' en met het doden van een man bedoelde een rivaal die net zo gevaarlijk was als hijzelf dramatisch had onderdrukt, had het absolute recht om de eigenaar te zijn van wat hij maar wilde. De persoonlijke waarde van individuen werd op dezelfde manier geciteerd als goud, en hoewel er velen waren die ernaar streefden een goed aandeel te worden dat verhandelbaar was in die moeilijke markt, vielen ze elke dag in drommen, omdat hun overdaad hun het leven onmogelijk zou hebben gemaakt. anderen.

De hoofdstraat van San Francisco, de lange verkeersader, het hart en het brein van de stad, Third Street en enkele andere van uitzonderlijk belang waren vol weelderige en opvallende gebouwen, waar goud vloeide als in een overlopende smeltkroes. Iedereen die een goede poster had gemaakt en van plan was deze te exploiteren zonder overmatige avatars te gebruiken om geld te verdienen, die een bar of een gokhol oprichtte, wist zeker dat alcohol, de vrolijke en gemakkelijke meisjes die als lokaas dienden en de speeltafels zouden hun zakken vullen, met niet meer logische uiteenzettingen dan die afgeleid van de uitbuiting van ondeugd.

Maar er kwam een tijd dat degenen die het bedrijf anders begrepen en de kwestie overwogen, van mening waren dat de winsten van de eigenaars van gokhallen en gokkers buitensporig waren voor wat ze riskeerden, en hun scherpe humor zorgde voor een nieuwe manier van uitbuiting van de mensen.

De methode was om alle panden een dagelijkse vergoeding op te leggen, in ruil waarvoor ze hun klanten zouden blijven exploiteren zonder een derde gevaarlijke tussenkomst van de uitvinders.

Het is waar dat er opstanden waren om zich op die comfortabele manier te laten onderwerpen, maar een paar massale aanvallen, een aantal brandstichtingen en twee of drie moorden op weerspannige eigenaren om de schatting te betalen, temden enigszins de zenuwen van de anderen en allen, en accepteerden de minst kwaad. , kozen ze ervoor om die vreemde bijdrage te betalen.

Niet hiermee was het conflict opgelost. Er kwam een nieuwe uit voort, die moest bepalen wie het "recht" had om de vergoeding te innen.

Elke schutter met enige kracht nam dit recht op zich en er kwam een tijd dat de vlooien, zichzelf voortdurend lastiggevallen door sommigen en door anderen, vreesdend dat ze zelfs met de totale winst niet genoeg zouden krijgen om zoveel monden te bedekken, ze besloten om ik beteugelen misbruik, weigeren te betalen door dik en dun.

Het was al goed dat een "de sterkste" deelnam aan hun voordelen als compensatie om ze in staat te stellen ze te krijgen, maar niet acht of tien, waardoor de koe iets zo slap werd dat het van zichzelf aan niemand zou geven.

Het was toen dat Konny Foot en Michel Fritt, de twee stoutmoedigste en best georganiseerde van alle schutters, besloten om orde te scheppen in die chaos die hun winst ondermijnde. Als het product onder velen zou worden gedistribueerd, zou het schaars zijn, en omdat het niet langer de vijandigheid van de eigenaren van de gokholen was, maar de concurrentie tussen degenen van hetzelfde nest, besloten ze hun pad van obstakels vrij te maken.

Een paar maanden lang waren de straten van de stad een tragisch slagveld. Beiden, afzonderlijk, wijdden zich aan het zoeken naar hun zwakste rivalen in de business en jagen ze zo goed als ze konden, en in die tijd was de begraafplaats van San Francisco een pelgrimsoord van doodskisten die rigoureus moesten wachten op hun beurt om hen de kans te geven om geef ze een gat waar ze voor eens en altijd staan.

Het opruimen was zo bloedig dat de weinigen die over waren om de strijd voort te zetten zich realiseerden dat het zelfmoord was om door te gaan. Ze waren de minste en minst machtige, en uit eigen vrije wil trokken ze zich terug uit de concurrentie, zich wijdend aan het bevorderen van hun inkomen met andere middelen die niet minder laakbaar waren, maar die het leengoed van de twee schutters niet aantasten.

En zo kwam er een dag dat alleen Foot en Fritt oog in oog stonden.

Ze waren allebei sterk, gedurfd en stoer, en beide hadden elementen, ruw en gehard om hen te ondersteunen; toen werd het gevecht tragischer en ingewikkelder, omdat ze allebei wisten op welk terrein ze zich begaven en wat de vijand voor hen waard was.

Maar omdat het gevoel van eigenwaarde van iedereen gekwetst zou worden als het na vele successen bezweek, besloten ze om de situatie op te lossen een gevecht van kolossen aan, en met allerlei sluwe en gedurfde slagen probeerden ze zichzelf te elimineren.

Maar de zaak was niet zo eenvoudig op te lossen als het leek. Er waren veel slachtoffers aan beide kanten "slachtoffers die iedereen onmiddellijk wilde dekken" omdat er nooit een gebrek was aan elementen die bereid waren om deel uit te maken van de band om goed te leven, en daarom, ondanks de slachtoffers, werd er niets bereikt om de balans te doen stijgen ten gunste van een van de twee bazen, totdat beiden, die niet dom waren, dachten dat het tijd was om te onderhandelen en een voordelige oplossing te zoeken, maar dat zou hen niet in een belachelijke situatie brengen.

Het was Foot die er als eerste over nadacht, en nadat hij erover had nagedacht en indrukken had uitgewisseld met zijn meest vooraanstaande mannen, besloot hij de wateren te testen.

Het was niet een erg haalbare onderneming om contact op te nemen met zijn rivaal. De twee waren bang voor elkaar en namen allebei drastische voorzorgsmaatregelen om de ander niet de mogelijkheid te geven hem uit te schakelen, en daarom moest er iets worden uitgevonden dat hen bij het afnemen van het interview zonder direct gevaar en zonder achterdocht met elkaar in contact zou brengen.

Toen bedacht Foot de beste persoon om het interview te regelen. Deze persoon was Agnes Desher, "California Beauty", zoals de bronzen mensen van San Francisco haar noemden. Een blondine van provocerende en aantrekkelijke schoonheid, een vrouw die al gestremd was in het leven en met een standvastigheid die de taaiste schutter waardig was, aangezien ze door alle mijnbouwvelden was gerold, en door handigheid, wetende hoe ze haar schoonheid moest exploiteren en niet voelen scrupules om geld te winnen, had hij een behoorlijk goed kapitaal bijeengebracht, waardoor hij in de straat van San Francisco een prachtige gokhal kon stichten, die werd bijgewoond door de beste en meest turbulente van de stad.

Agnes, bekwaam, was erin geslaagd om de vriendschap van beide leiders vast te leggen. De twee bedreigden haar eerst, ze eisten allebei een grote som van haar omdat ze haar in vrede had laten leven en het gokhol naar eigen goeddunken had geëxploiteerd, en ze had hen allebei getemd, waardoor ze bij uitzondering van alle eerbetoon zou blijven.

Niemand wist van het soort bedrog dat ze gebruikte om het te bereiken, en alleen zij deed ertoe, maar Agnes, een praktische en suggestieve vrouw, had meer dan eens laten doorschemeren dat dit niet de beste procedure was om het conflict op te lossen, omdat ze zouden blijven leven. in eeuwigdurende oorlog in zijn eigen staart bijtend zonder iets definitiefs te bereiken.

De twee bezochten haar een paar keer. Het was waar dat toen ze dat deden, ze goed bewaakt leken door het neusje van de zalm, bang om hun rivaal tegen te komen, en beiden voelden een speciale aantrekkingskracht voor die energieke en dappere vrouw, die hun seks minachtte en begiftigd was met een buitengewone agressiviteit, ze was niet bang geweest om zich in de ruigste en wildste stad van heel Californië te vestigen, en bovendien de ruigste en meest compromitterende zaken uit te buiten die je je maar kunt voorstellen.

In hun gesprekken met Agnes waren de twee onherleidbaar geweest. Hun ijdelheid als schutters kon geen compromis sluiten met een denigrerend pact, omdat ze het gezicht met hun mannen hadden verloren en dit was gevaarlijker dan een schietpartij midden op straat te lijden. Maar, zoals de omstandigheden eisten, vond Foot dat hij naar Agnes' advies moest luisteren en met haar moest overleggen. Haar kracht, haar aantrekkingskracht en haar sluwheid als vrouw waren wapens die, als ze goed werden gehanteerd, veel konden doen om het conflict op te lossen.

Dus op een avond, omringd door zijn zes beste mannen, verscheen Foot bij de gokhal. Het was vol met mijnwerkers, gokkers, mensen die in hun levensonderhoud voorzien, mensen van hoge rang in de stad, en als klap op de vuurpijl werd het opgevrolijkt door een koor van mooie en uitdagend geklede meisjes, die de beste haak waren die 'de Californische schoonheid' haar kon geven. vislijn. vis klanten.

En daarvoor mag Agnes' ietwat herfstige schoonheid niet over het hoofd worden gezien. Dit was een heel knappe blondine, nog steeds met een glad en goed opgemaakt gezicht, de eigenaar van een paar grote, diepzwarte ogen die wisten te spelen met kattenkwaad of naïviteit, aangezien het haar goed uitkwam om het meest te ontwapenen. vastberaden voor haar, en Ze was begiftigd met een slank en goed verzorgd lichaam, dat ze verbeterde met wijselijk op maat gemaakte jurken in kleur, gesneden om haar persoonlijkheid beter te doen uitkomen, en ze bezat ook een verzameling waardevolle en opvallende juwelen die glinsterde in het licht van de olielampen, waardoor ze nog meer in het oog sprong. zijn silhouet.

Een zeldzaamheid in een stad die zo ruig en bruisend is als die; slechts één keer heeft iemand, een beetje verkeerd, geprobeerd zich zijn juwelendoos toe te eigenen. Gebruikmakend van een onvoorzichtigheid, slaagde hij erin Agnes' privékamers binnen te glippen, waar hij zich verborg en vastbesloten was om niet te vertrekken zonder de felbegeerde buit.

Ze moet iets of iets hebben vermoed dat ze had verzonnen om te weten of iemand haar privékamers binnenkwam, want toen ze zich daar stilletjes terugtrok en zonder de hulp te vragen van de mannen die ze tot haar dienst had om het pand te bewaken, bewapende ze zichzelf met de twee kleine revolvers die hij altijd in zijn zakken verstopte en met een stap opzij duwde hij de deur open.

Toen de indringer, die geloofde dat Agnes binnenkwam, naar voren stapte met een revolver in de hand om haar te intimideren, merkte ze dat ze zonder te weten hoe met twee ons lood op haar borst zat. Op de juiste manier geleid, hield de dief het maar lang genoeg vol om de fout die hij had gemaakt te beseffen, aangezien hij vijf minuten later in de positie was om in de mortuariumtelling van de stad te verschijnen.

Maar Agnes was een zeer verfijnde vrouw en ze was er niet tevreden mee om kalm en moedig het gevaar te elimineren. Hij moest het openbaar maken en een alarmoproep lanceren naar degenen zoals die ene die misschien te verblind zijn door de glans van zijn juwelen, en de meest vertrouwde man bellen die hij in de gokhal had, beval hij:

'Billy, draag dat aas en breng het naar de plek waar je een boom met sterke takken vindt. Hang hem eraan en leg dit papier op zijn borst voor degenen die nieuwsgierig zijn om het te lezen.

De krant zei kort:

"Ze werd vermoord door Agnes Desher, 'California Beauty', omdat ze probeerde haar sieraden te stelen door haar kamers te overvallen."

De advertentie was gezond. The Golden Herald, de meest verspreide krant van de stad, pakte het verhaal op en becommentarieerde het naar zijn zin. Agnes was een instelling in San Francisco en alles wat haar raakte interesseerde zowel de buurt als de drijvende bevolking.

De gebeurtenis werd in alle toonaarden en in alle gokhallen en recreatiegelegenheden becommentarieerd en, zoals ze beweerde, was het een krachtige waarschuwing die haar belette nieuwe verleidingen om te plunderen.

Dit was de tussenpersoon die Foot had gekozen om zijn meningsverschillen met Fritt op te lossen. Als ze wilde "en zeker wist dat ze dat zou doen", zou ze het interview met haar rivaal op neutraal terrein kunnen regelen, waar geen van beiden bang voor de ander zou hoeven zijn.

Die nacht was Agnes in haar glorie. De tafels werkten op volle capaciteit, de toonbank zat vol met klanten die zonder belasting dronken, en de andere tafels in het midden van de tent waren bezet door een publiek dat zo druk was dat ze nauwelijks ruimte hadden om te bewegen, en door Als dat was niet genoeg, de senator van de staat had zich gelukkig gevoeld bij het bezoeken van de joint en het hoffelijk het hof maken van de eigenaar, ondanks dat hij een man van in de zestig en dikbuikig was, gedomineerd door astma en enigszins onhandig bij het lopen vanwege zijn ernstige aanvallen van reuma.

Maar de senator was een ietwat theoretische macht, maar een macht in San Francisco, en Agnes deinsde er niet voor terug hem te vleien en met hem mee te gaan, ervan overtuigd dat ze hem op elk moment van nood halsoverkop tot haar voordeel zou laten gaan.

Toen hij Voet zag verschijnen, glimlachte hij expressief en liet tussen het geverfde rood van zijn lippen de smetteloze sneeuw van zijn fijne en goed verzorgde tanden zien.

Hij wenkte hem naar voren te komen, wees naar de tafel die hij altijd voor zijn vrienden had gereserveerd, en Foot beval zijn mannen om de wacht te houden en hem tegelijkertijd niet uit het oog te verliezen.

Agnes zat naast de schutter en zei:

Hallo, Voet. Ik heb je schattige snor al meer dan drie weken niet gezien. Dat is een vernedering voor mijn suggestieve persoon en ik zal tegen je moeten klagen. Heb je het zo druk om mensen naar de hel te sturen dat je geen tijd hebt om een goede vriend te bezoeken, of ben je ... bang om naar buiten te gaan vanwege de kou van de nacht?

'Een beetje van alles, Agnes, waarom zou ik het ontkennen? "Antwoordde de schutter cynisch lachend." U kent het weer in San Francisco goed en u weet dat het op bepaalde tijden, vooral 's nachts, niet erg gezond is. Mijn kostbare gezondheid is erg veeleisend.

'Wat voor nut hebben al die knappe kerels die je vergezellen als je schaduw?

"Oh! Tegen een orkaan van lood die opkomt in de schaduw van de nacht, is alle kleding onvoldoende. The Empire of Shadows is geweldig, maar het heeft ook zijn nadelen.

"Het is waar. Dus hoe durf je vanavond te komen?

'Omdat ik met je moet praten.

Zij, hem aanstarend, antwoordde:

"Het zal niet zijn om die van de operationele canon te doen herleven of om me nog eens te herhalen dat je me leuk vindt, dat je een partnerschap met me zou aangaan en zelfs dat je me naar New York zou brengen om als een oosterse prinses te leven. Dat is al goed besteed, Foot.

'Hou die adderstong op, Agnes,' antwoordde de schutter. Je weet dat je mijn zwakheid bent en ik heb je uitgesloten van de betaling van uitkeringen. Wat de andere betreft, ik heb het opgegeven om het je te herhalen omdat ik mezelf ervan heb overtuigd dat je een te groene vrucht bent om de tand vast te spijkeren.

Ondanks het feit dat sommige hatelijken verzekeren dat ik al te volwassen ben?

"Goed. Er zijn vruchten die, wanneer ze beginnen te rijpen, een gevoel van hardheid geven en jij bent daar een van. Maar laten we deze kwestie ter zake brengen. Ik heb iets belangrijkers om met je over te praten.

'Stel me niet teleur, Voet! "Ze verzekerde het maken van een ondeugend gebaar van wrok." Voor een vrouw die ernaar streeft altijd mannen op hun knieën en aan hun voeten te hebben, is dat een belediging. Waar gaat het over?

'Ik zou graag rustig met je willen praten,' verzekerde Foot, terwijl hij om hen heen keek. "Ik moet je een idee laten zien dat ik heb ontwikkeld en ik heb je advies nodig.

'Ah! Vrouwen die er jong uitzien, maar oud zijn, hebben meestal genoeg levenservaring om baardeloze peuters zoals jij raad te geven, nietwaar, Foot?

'Wees niet vernietigend, Agnes,' antwoordde Voet. Je instinct en je wijsheid hebben niets te maken met je leeftijd, maar met wat je hebt geleefd en gezien. Ik heb me niet vergist in iets dat naar jou verwijst.

Behalve om de liefde met mij te bedrijven. Je weet dat dit een microbe is die geen plek vindt om op mijn mooie persoon te jagen.

"Eis niet ondanks alles de overwinning op. Als het op een dag een maas in de wet vindt om zijn gif in je te steken, ben je die dag verloren.

"Daarom desinfecteer ik mezelf dagelijks. Hier, dit is de sleutel van mijn kamers. Omdat ik niet bang ben voor kritiek, ga naar de galerij, doe open en wacht daar op me. Over een tijdje sta ik aan je zijde om naar je te luisteren.

Hij gaf haar een liefdevol klopje in het gezicht en stond op. Foot liep naar een van zijn mannen toe, wisselde een paar woorden met zachte stem met hem en verdween de koninklijke trap af die zich in twee takken naar rechts en links naar de galerij leidde.

Zijn lijfwachten hielden de wacht bij de trap en Agnes ging, na een praatje met de senator, die had besloten een paar dollar op het roulettewiel te zetten, naar de schutter zoeken.

Hij wachtte op haar en lag traag op een divandok naast een tafeltje waar hij een fles whisky en sigaretten vond. Het zachte licht van een lamp die aan het plafond hing, wierp zijn reflecties recht op Boots gezicht, terwijl zijn revolver metaalachtige reflecties uitstraalde, bijna naast de fles geplaatst en binnen het snelste bereik van zijn hand.

Agnes wierp een diepe blik op hem en probeerde met haar blik alles te omvatten wat ze kon lezen in de sprankelende zwarte ogen van de woeste schutter, die man met harmonieuze lijnen, flexibele taille en sereen gezicht, die een van de grootste krachten in San Francisco was .

En deze keer vond ze hem anders dan anderen. Nu zag hij eruit als een vermoeide en bejaarde man. Zijn ogen, altijd opgewekt en een beetje spottend, behielden dezelfde helderheid, een koortsachtige gloed, als een hardheid van uitstraling die hem aan de kaak stelde als een harde man die hij was, maar diepe rimpels op zijn voorhoofd, misschien van zorgen, zo niet het was eng, en de hoeken van zijn dunne lippen waren getekend in lichte plooien die hem drie of vier jaar langer leken te hebben gekost dan hij had gedaan.

Maar het waren slechts details gezien door de onderzoekende blik van een sluwe en overdreven oplettende vrouw. Afgezien van deze details, was hij nog steeds de viriele, sterke, flexibele en stoere man, in zijn volle kracht, die de hegemonie bleef handhaven die hij van plan was te bereiken in de stad, toen hij een jaar geleden op een dwaalspoor kwam als een van de vele en die door moed, felheid en sluwheid erin slaagde de leider te worden van een van de meest angstaanjagende bendes van de parel van de Stille Oceaan.

Hij had een sigaar opgestoken en zijn glas whisky was halfvol. Agnes zat brutaal tegenover hem in een provocerende houding en riep wrang uit:

"Wat gebeurt er met de baby uit San Francisco die het advies van mama Agnes nodig heeft? Zeg het, pop, en vertel mama wie je laat lijden.

Hij negeerde de pittige grappen van "California Beauty" en antwoordde:

'Ik ben naar je toe gekomen omdat ik over je advies heb nagedacht, Agnes.

'Een te grote inspanning voor je intellect, dat je veel kopzorgen zal hebben bezorgd. Waar heb je het over? Ik heb je veel meer gegeven dan een liefhebbende moeder, maar je bent zo de jouwe dat je ze altijd hebt veracht. Wat gebeurt er nu je gedwongen bent om laat te mediteren?

'Het gaat over Fritt.

'Ah! Het gaat niet zo goed met ons allebei. Is het niet zo?

"Niet doen. Ze gaan niet goed, althans dat denk ik. Dit betekent niet dat geen van ons een beslissende stap over de ander heeft gezet, maar ik begrijp dat we opraken en onze kracht verminderen met positieve verliezen zonder beslissen over de strijd, en dit moet ooit eindigen.

"Hoe?

'Ik weet het niet en dat is wat ik moet weten. Als we allebei een positieve kracht zijn die we elkaar niet kunnen elimineren, moeten we iets doen om er een einde aan te maken.

'En wat denk je dat je kunt doen?

"Maak een goede afspraak.

"Wauw! Dat kwam er al uit. Hoeveel tijd heb je verloren om jezelf te overtuigen?

"Veel, daarom zou ik het op een andere manier willen proberen. Ik weet niet of Fritt ervan overtuigd zal zijn dat dit het handigst is en dat wil ik graag weten. Daarom kwam ik met je praten.

'Wat is jouw idee, Voet?

"Een heel simpele. Je hebt evenveel vriendschap met hem als met mij. Probeer hem te onderzoeken om te zien wat zijn aanleg is om tot een compromis te komen. Als je denkt, zoals ik, dat de tijd is gekomen om ons te repareren, laten we het dan oplossen.

"Als niet?

"Als dat niet zo is... nou... ik denk dat ik alles op het spel zet om een kaart naar hem te zoeken zoals het is, zodat we een van de twee afmaken.

"Het zou een mooi einde zijn na zoveel gevechten die jullie twee hebben uitgeschakeld, al denk ik van niet. Wat moet ik doen?

'Ik weet het niet. Geef me een oplossing.

'Ik zal proberen je te helpen, want ik waardeer jullie allebei. Ik laat Fritt met hem praten. Als ik je zie voor een arrangement, zal ik een diner organiseren en je hier ontmoeten. Je zult spreken onder toezicht van mijn revolvers, en als iemand probeert te profiteren van mijn vriendelijke tussenkomst voor meer dan alleen praten, zullen ze op mij moeten rekenen.

'Van mijn kant beloof ik uw neutraliteit te respecteren.

'Ik vertrouw je op je woord. Heb je een oplossing in gedachten?

"Niet doen. Ik zal het moeten doen. Ik was niet zeker...

'Het maakt niet uit. Bestudeer hem terwijl ik iets bestudeer, en als hij ook zijn ideeën meebrengt, komt er misschien iets acceptabels uit.

'Wilt u hem waarschuwen dat wij drieën elkaar zullen ontmoeten?

'Niet doen. Ik wil mezelf niet blootstellen aan het komen met mensen die bereid zijn meer te doen dan ruzie te maken. Ik zal hem verrassen met de uitnodiging, maar ik smeek je voorzichtig te zijn.

"Maak je geen zorgen, ik doe het wel.

"In dat geval denk ik dat er voorlopig niet meer over deze kwestie valt te praten. Ik stuur je een bericht met de nacht en het tijdstip van de vergadering.

Hij stond flexibel en behendig op en zei:

'Ik ben je heel dankbaar, Agnes. Je bent een geweldige vrouw. Daarom raakte je in mij geïnteresseerd, want een man als ik heeft een vrouw als jij nodig.

'Maar ik heb die complicaties niet nodig. Mijn onafhankelijkheid is zo wild dat ik betwijfel of er een man is die het aankan. Als die er was... zou ik denk ik net zo verliefd op hem zijn als een schoolmeisje.

Ze lachten allebei om de verklaring en hij, die dichterbij kwam, durfde haar te kussen. Agnes verklaarde:

'Geef hier geen hoop op. Het is een goed waar ik kwistig mee bezig ben en dat niet wordt uitgegeven, maar het betekent niets. Pas op als je met pensioen gaat, de nachtlucht is erg slecht.

En hij ging met hem mee naar de hal om het aan zijn bewakers te overhandigen.

HOOFDSTUK II

VREDESVERDRAG

Twee dagen later kreeg Foot bericht van "La Bella Californiana" zodat ze zich die avond om tien uur bij de joint zou melden. Hij raadde hem aan rechtstreeks door de aangrenzende deur naar binnen te gaan, onafhankelijk van de hoofddeur, en rechtstreeks naar hun kamers te gaan en de ladder te pakken die naar hen leidde.

Hij raadde hem ook aan zijn mannen discreet te verwijderen en een minuut voor de afgesproken tijd niet op te komen dagen.

Foot hield Agnes geen hinderlaag tegen. Hij dacht dat hij haar goed kende om haar trouw te kennen, afgezien van het feit dat hij er persoonlijk in geïnteresseerd was dat te zijn.

Fritt had op zijn beurt dezelfde uitnodiging gekregen, maar dan een half uur eerder. Ze wilde niet dat de twee mannen elkaar zouden ontmoeten voordat ze ze onder controle had, aangezien Fritt de manoeuvres van zijn concurrent en de eigenaar van de joint negeerde.

Fritt was erg verbaasd over de uitnodiging, maar hij wist van Agnes' ietwat onberouwvolle karakter en van haar interesse om met hem op te schieten. Om deze reden antwoordde hij dat hij ermee instemde om in zijn gezelschap te dineren en dat hij op de afgesproken tijd zou komen.

Toen Fritt bij de gokhal aankwam en via hetzelfde pad dat zijn rivaal was aangegeven, de privékamers van 'La Bella Californiana' bereikte, voelde hij zich enigszins verbaasd. Een weelderige tafel was gedekt met schone witte tafelkleden, glanzend porselein en heldere kristallen bekers. Na hem vriendelijk te hebben begroet, wees Agnes een stoel aan en hij merkte op:

'Vier je je verjaardag, Agnes?

"Nee schat. Dat is een datum die ik zoveel mogelijk probeer te vergeten. De jaren zijn de enige vijand waar ik bang voor ben en ik probeer te vergeten dat die bestaat.

"Dus, dit intieme diner, waar gehoorzaamt het aan?

'Veel dingen die ik interessant vind, Fritt. Ik doe nooit dingen om ze te doen zonder een gerechtvaardigd doel. Ga zitten en help jezelf ergens aan, het duurt niet lang voordat we beginnen met eten.

Hij zonk in een comfortabele stoel en schonk zichzelf whisky in. Agnes wierp een blik op hem om te proberen zijn reacties te raden, maar Fritt was een hermetische en koude man, in wiens ogen het altijd heel moeilijk was om te lezen wat hij dacht.

Hij was een zeer aantrekkelijke man als een man. Hij was lang en flexibel en droeg met verfijnde elegantie zijn wijde, hazelkleurige geklede jas, zijn chique vest op de borst gekruist met een dikke gouden ketting, zijn onberispelijk witte zijden overhemd met een groot kastanjebruin plafond en in het midden een enorme diamant in het midden. hoefijzervorm, zijn lichtgrijze broek en gepoetste laarzen. Onder zijn geklede jas droeg hij een smalle riem waaraan half verscholen een zesschots veulen hing.

Hij dronk de whisky op en terwijl hij zijn ogen op de tafel gericht hield, was hij gespannen toen hij zag dat er plaats was voor drie.

"Wat betekent dit? Heb je gasten?

"Ja, maar maak je geen zorgen. Je zult niet denken dat ik een val voor je probeer te zetten.

"Als ik dat had gedacht, was ik niet gekomen.

'In dat geval hoop ik dat je kalm bent en geen wreedheid begaat. Mijn huis is een neutraal terrein waar iedereen die binnenkomt veilig is.

"Wat bedoel je daarmee?

'Dat, zelfs als ik je ergste vijand hier had laten komen, je de garantie zou hebben dat er niets zou gebeuren.

'Wil je jezelf duidelijk uitleggen, Agnes?

'Ik zal het uitleggen, want het is ongeveer tien uur en ik wil niet dat je voor een verrassing komt te staan die je zenuwen uit balans zou kunnen brengen. De vermiste gast is Foot.

Fritt stond heftig op, maar zij hield hem met een koude blik tegen door te zeggen:

"Wil je stil zijn? Ik heb je verzekerd dat er niets gaat gebeuren... tenminste hier. Nu zal ik je nog iets vertellen; ik heb jullie twee ontboden omdat ik begrijp dat het tijd is voor jullie om spreek je uit en beslecht je geschillen zo minnelijk mogelijk. Jullie verslinden elkaar voor niets en dat is dom. Ik denk niet dat het met goede wil moeilijk is om tot overeenstemming te komen.

Fritt vroeg wrang:

'Wie heeft daarop gezinspeeld, Foot?

"Niet doen. Ik was het. Ik heb het hem gisteravond verteld en hij leek er veel over na te denken, maar hij antwoordde dat hij niet zelf tot een oplossing kon komen; in plaats daarvan stemde hij ermee in om de kwestie te bespreken met jij. Daarom heb ik mezelf toegestaan om jullie twee te ontmoeten voor het avondeten. Ik hoop dat een goede spijsvertering je een beetje optimistisch maakt.

'Nou, ik dank u voor uw goede wil; Maar realiseer je je wat er kan gebeuren als hij weet dat ik hier ben terwijl ik niet wist dat hij zou komen?

"Ik besef alles, maar met die twijfels gaat het nergens heen. Je zult me niet geloven dat ik zo dom ben dat ik verraad pleeg waar ik niets aan heb. Noch jij noch hij kunnen iets doen omdat ik mijn voorzorgsmaatregelen heb genomen. Een van jullie zal hier als eerste vertrekken, begeleid door vier mannen van mij die niet zullen aarzelen om de revolver te gebruiken bij de geringste hint van verraad, en de ander zal op dezelfde manier vertrekken.

'Nadat ze je in je holen hebben achtergelaten, zal ik mijn handen wassen van wat er kan gebeuren, maar als je een beetje gezond verstand hebt, zul je hier vertrekken met een toewijding die jullie beiden ten goede komt. Ik denk dat je, in plaats van achterdochtig te zijn, moet nadenken over een arrangementformule. Het is praktischer dan dat.

Fritt zweeg en ze wijdde zich aan de taak om de tafel in orde af te werken.

Kort daarna opende de zwarte meid die hem bediende de deur om aan te kondigen:

'Mevrouw, meneer Foot is daarbuiten.

"Zeg dat hij moet passeren.

Fritt stond op, arm stijf voor het geval er gevaar zou ontstaan. Agnes, alsof ze hem niet had gezien, stapte voor hem uit, met zijn gezicht naar de deur.

Voet leek gespannen en keek om zich heen. Toen hij zijn rivaal ontdekte, stond hij bij de deur te wachten en Agnes zei glimlachend:

Kom binnen, Voet, en wees niet bang. We zijn onder vrienden.

Hij kwam naar voren. "The Californian Beauty", haar goedgevormde armen één naar elk van de twee schutters, beval:

'Je revolvers. Aangezien het niet de beleefde persoon is om met wapens bij de hand te dineren, geef ze dan alstublieft aan mij. We zullen met meer rust dineren en er zal geen angst zijn dat een van hen zal afgaan. Als je weggaat, zal ik ze aan je teruggeven.

Foot gehoorzaamde als eerste en overhandigde de revolver. Fritt volgde zijn voorbeeld.

Ze deed ze op slot met een sleutel in een la en, wijzend naar hun plek aan de tafel, voegde ze eraan toe:

"En nu naar het avondeten zonder verdere zorgen. Na het eten zullen we praten over wat handig of niet handig is om te doen, maar maak mijn diner in ieder geval niet bitter.

Ze gingen allebei zitten en de zwarte vrouw begon de tafel te bedienen. Tot het einde gaf Agnes in haar eentje commentaar op de situatie, de onvruchtbaarheid van dat gevecht tussen de twee kolossen, die goed beschermd waren, elkaar niet konden verslaan, en, ten slotte, hoe nuttig het voor hen beiden zou zijn om een punt te vinden van overeenkomst om de strijd te staken en met meer rust en een beter inkomen van zijn hegemonie te kunnen genieten.

"Zoals je zult begrijpen," voegde hij eraan toe, "geef ik niet om je rivaliteit, want ik win noch verlies ermee. Ik sta aan de rand van je strijd, omdat ik uit moed of wat dan ook in het midden sta. van de straat van San Francisco als een eiland omgeven door water aan alle kanten.Als ik mezelf had zien vastzitten in de deining van die stormachtige zee waarin je geagiteerd bent, had je op mij moeten rekenen, want hoewel ik een vrouw ben, heb ik genoeg moed om me door niemand te laten overweldigen.

"Juist om deze reden, en omdat ik jullie allebei waardeer, vraag ik jullie om verstandig en praktisch te zijn. Een vogel in de hand is beter dan honderd vliegen, en als je nog geen realiteit hebt willen realiseren, zal ik het je vertellen. De mensen van de gokholen worden het beu om door de een en de ander belegerd te worden.

Hoewel met tegenzin, zijn ze bereid om je op een verstandige manier te helpen, als een kleiner kwaad, maar als je ze twee keer probeert te vernietigen, zal de dag komen dat je ze voor je hebt en het voor iedereen te lelijk wordt. Daarom smeek ik u om trots opzij te zetten en praktisch te zijn. Ik geloof dat het niet moeilijk zal zijn om tot overeenstemming te komen zonder elkaar te vernederen.

Geen antwoordde. De twee dachten na over hun aanbevelingen en zochten naar een formule die hen ten goede zou komen zonder op een vernederende manier op te geven.

Toen na het dessert koffie en rum werden geserveerd, beval Agnes de borden op te tillen en, een sigaret op te steken, hen sigaren aan te bieden, zei ze:

"Nou, wat moet je antwoorden?

De twee staarden elkaar aan. Fritt was de eerste die antwoordde:

„Ik weet het niet, Agnes; ik vind het moeilijk.

'En jij, Voet?

'Ik weet het niet. Het enige dat ik kan toegeven, en ik geef het al toe, is dat we het inkomen gelijkelijk verdelen.

Fritt viel in:

'Het is niet zo eenvoudig als het klinkt, Foot, zelfs als ik het accepteer. Wat is het inkomen en wie gaat het innen?

'We zouden loten,' antwoordde Voet.

'Het past niet bij mij... of bij jou. We zouden elkaar wantrouwen over loyaliteit in de cast en in de collectie. Er zijn altijd manieren om vals te spelen.

'Ja. Een beetje gevaarlijk, maar je zou het kunnen bewijzen.

'Ik weet het niet... ik ben er niet van overtuigd... hij is arm.

Agnes, die hen spottend aankeek, kwam tussenbeide:

'Nou, ik zie dat je alleen goed bent in het trekken van een revolver en schieten, maar verder heb je weinig waarde onder je haar. Ik ga je de oplossing geven en ik denk dat er niets beters is. Als je het niet accepteert, zul je twee pompoenen blijken te zijn.

»Toevallig staat mijn joint in het centrum van de stad en in het midden van deze straat. Het is als een zwaard dat haar in tweeën snijdt. Nou, de oplossing is dat een van jullie de eigenaar wordt van de helft van de stad en de andere eigenaar van de andere helft. Van hier naar beneden, voor de een en van hier naar boven voor de ander. Wat u van uw koninkrijkjes krijgt, is aan uw organisatie, zonder dat de ander tussenbeide komt, en dus, omdat ze niet meer dan één hoeven te betalen, zullen de eigenaren van gebouwen zich rustiger voelen, wetende dat het aangepaste het enige is dat ze hoeven te doen betalen.

»Om ervoor te zorgen dat er geen geschil is, draait u hoofden en staarten om te zien wie overeenkomt met de ene of de andere sector en als u eenmaal akkoord bent gegaan, belooft u plechtig dat u zich niet zult bemoeien waar het niet met u overeenkomt. Gevechten worden vermeden, u kunt rustig afwisselen tussen de een en de ander en de voordelen zullen netto en zonder complicaties zijn.

»Als je de oplossing niet leuk vindt, kun je, omdat je geen betere oplossing hebt, opstaan en je klaarmaken om te vertrekken. Ik heb al genoeg voor jullie zaak gedaan en ik zal jullie allemaal in jullie huizen achterlaten. Als je het na verloop van tijd helemaal ongedaan hebt gemaakt, maakt het me weinig uit, omdat je het zo hebt gewild.

De twee staarden elkaar aan. Eigenlijk was het een goede formule, waarbij het gevoel van eigenwaarde van ieder niet werd verlaagd.

Voet antwoordde:

"Fritt heeft het woord.

'Als je het accepteert, ben ik bereid het te accepteren.

'In dat geval niet meer praten, Fritt. Ik denk dat dit de meest haalbare oplossing is geweest. U vertegenwoordigt de ene kracht en ik de andere, aangezien we de macht hebben gehad om de concurrentie voor de helft uit te schakelen, is het eerlijk dat we de helft van het voordeel genieten.

Fritt vulde hun glazen en bood er een aan Agnes en een aan Foot aan. Hij hief de zijne op en bood aan:

'Door de vindingrijkheid van Agnes, de meest geweldige en sluwe vrouw die ik ooit heb ontmoet.

"Voor haar en voor haar nageslacht.

'Voor je verzoening,' zei Agnes.

Ze zetten hun glazen in elkaar en de kristallen trilden als ze tegen elkaar aan botsten. Nadat de inhoud was voltooid, gaf Foot aan:

'Je gooit de munt om, Agnes. Laat Fritt kiezen.

Ze haalde een gouden munt uit haar tas en hield die in het lamplicht. Dan zei hij:

'Als het in de lucht is, vraag het dan. Kijk naar het zuidelijke deel en steek het noordelijke deel over.

'Cara,' zei Fritt.

De munt viel in de prijzen. Ze verklaarde:

'Het noorden voor Foot en het zuiden voor jou. Ben je tevreden?

"Akkoord; praat niet meer.

"Dus, handen schudden en goede vrienden zijn. Er is veel veld om te exploiteren en veel voordeel voor beide. Er zal veel over de regeling worden gesproken, maar mensen zullen het zonder voorbehoud accepteren en je mannen hoeven elkaar niet op elke hoek te vermoorden zoals nu.

De twee mannen staken hun ruwe handen uit en schudden ze stevig. Het leek erop dat het pact oprecht was en dat beiden tevreden waren met die oplossing, wat hen een groot uitstel gaf.

'Nu,' voegde Agnes eraan toe, 'laat het je mannen weten. Waar heb je ze gelaten?

Voet verklaarde:

"Ik heb alleen Fred Prestley meegebracht, mijn tweede. Hij zal aan de bar zijn.

"Ik heb ook mijn tweede, Frank Wymen, meegenomen en hij zal op straat lopen.

'Dus laten we samen naar de bar gaan. Ik zal Frank erbij halen om met je mee te gaan en het nieuws te horen.

Hij nam ze bij de arm en ging de galerij op en daalde af naar de woonkamer. Het was iets dat de meest levendige nieuwsgierigheid wekte om "de Californische schoonheid" met hen bij de arm te zien, en vooral om de twee gewapende mannen samen en glimlachend te zien.

Fred wilde niet geloven wat hij zag en wreef in zijn ogen. Voet stapte voor hem uit en zei:

'Fred, schud Fritt de hand, we hebben vrede getekend in een gunstige overeenkomst. Vanaf dit moment is de stad verdeeld in twee sectoren; van hier helemaal naar boven, en van hier naar beneden, van Fritt. U zult de jongens op de hoogte stellen en hen van mij waarschuwen dat wie de overeenkomst niet respecteert en te ver gaat, met mij te maken krijgt.

Fred nam de uitnodiging met tegenzin aan en schudde Fritts hand. Op dat moment verscheen de tweede van deze in de bar en vertoonde dezelfde vreemdheid.

Fritt legde de regeling uit, en Frank leek het enthousiaster te verwelkomen. Hij was het zat om elke dag zijn leven te riskeren zonder een moment van rust waardoor hij relatief gemakkelijk van zijn winsten kon genieten.

Die nacht wisselden de vier elkaar af in het pand om het pact te vieren en bij zonsopgang vertrokken ze, bevestigend dat ze bereid waren het uit te voeren.

Bij de deur gingen ze uiteen, elk in een andere richting. Toen ze uit het zicht waren, vroeg Fred, die zijn mentale bedenkingen had:

'Denk je echt dat die pad dit zal respecteren?

"Ja, dat doe ik, Fred. Hij is, net als ik, deze strijd zonder winst zat. Er zal een tijd komen dat we geen mannen zullen vinden die zich bij ons willen aansluiten, hoe goed we ze ook betalen. Je kent het ongemak van opstaan zonder te weten of je kunt gaan liggen, altijd springend om te doden, met de revolver in de hand en zonder te raden waar de dood zal komen.

Nu, tenminste, ieder van ons zal zich wijden aan het plunderen van zijn deel, en daarin zullen we de meesters zijn. Door niet af te wisselen in het tegenovergestelde en niet in te gaan op wat de rivaal doet, worden crashes vermeden. Als je ergens voor vecht, is het onder elkaar, en zo kunnen we de inning van onze uitkeringen strenger organiseren.

"Dat is prima, zolang iemand niet zijn geduld verliest en uit zijn positie raakt. Ik denk dat het ergste hem is overkomen, want in het zuiden zijn er betere plaatsen die een hogere vergoeding kunnen betalen. Hij had het zuiden moeten kiezen.

"We hebben het verloot, wat logisch was om te doen.

"Nou, wiens taak is het om het sap uit "Californische schoonheid" te krijgen?

'Aan niemand. Dat is neutraal terrein.

"Waarom die concessie? Agnes verdient veel en moest betalen. Het is iets dat we verliezen."

"Je verliest niets. Ergens moest de divisie beginnen. Als Fritt aan de beurt was geweest, zou het voor hem zijn. Mede dankzij haar is het zover gekomen. Laat Agnes met rust.

Fred zei niets, maar kauwde op zijn dunne snor. Hij haatte Agnes, omdat hij bepaalde concessies van haar had verzonnen die zelfs zijn eigen baas nooit zou kunnen krijgen. Deze minachting van een vrouw voor een moedige man als hij, en ook van goede vorm, bevredigde hem niet. Ze had ongehinderde gunsten gekregen van anderen die veel jonger waren dan zij, en ze accepteerde geen mislukking.

Maar wetende dat Foot voor Agnes een vreemde en sentimentele zwakte voelde die haar onder zijn bescherming stelde, durfde hij zijn protesten niet kracht bij te zetten.

Hoe dan ook, het zou iets zijn dat hij niet dood zou laten. Hij was koppig als een goede Texaan en koesterde zijn plannen voor de toekomst, projecten die dat pact misschien had uitgesteld, aangezien hij altijd hoopte dat, als Foot in het gevecht zou vallen, hij zijn vervanger zou kunnen worden genoemd, omdat hij de stoerste was, wreed en gedurfd van de bende.

Tot op zekere hoogte was hij blij dat het onveranderlijke leengoed van 'Californian Beauty' aan niemand toebehoorde. Het was een neutrale plek om zonder aarzelen te kunnen bezoeken, en aangezien hij niets van Agnes had kunnen krijgen, was daar ook iets dat hem interesseerde; Het was Betty, "La Rubia", de belangrijkste attractie van de plaats; een meisje van een jaar of twintig, gracieus, mooi en aantrekkelijk, die boven alle cast uitstak.

Hij mocht haar buitengewoon graag en hoewel hij niet veel aandacht scheen te schenken aan haar vrijage, was hij van plan haar te belegeren totdat hij haar weerstand had overwonnen. Twee mislukkingen op rij op dezelfde plek, het was niet iets waar hij in wilde passen.

Nu, vrij van vijanden en zorgen, zou hij zich wijden aan het krachtiger aanscherpen van het beleg, en als 'de Blonde' zich tegen hem verzette, zou hij haar laten zien hoe hij wist hoe hij met keurige en vijandige vrouwen moest omgaan.

HOOFDSTUK III

EEN DERDE IN DISCORD

Het ideale doel voor alle avonturiers in het Amerikaanse Westen, maar niet voor de zachte en timide avonturiers die ervan dromen op een vlotte en afgemeten manier fortuin te maken, was San Francisco. Ze hadden niets te doen aan de wilde kust, als het niet was om zich terug te trekken van het pad van de waaghalzen, en in die zin konden ze weinig verzamelen van de arme kruimels die ze als verachtelijk hadden achtergelaten.

De man die zich in de stad van de heuvels waagde, wist, hoe weinig kennis hij ook had van het heersende klimaat daar, dat hij zichzelf aan veel blootstelde als hij van zijn aanval wilde profiteren, en dus degenen die de stoffige straat binnengingen elke dag. van San Francisco wisten niet dat hun leven slechts waard was wat het toeval ervoor zou willen waarderen, want in elke hoek, in elke deur van een gokhal, in elke poker- of roulettetafel, beklom de dood de wacht, verlangend om zijn deel te krijgen in de zarabanda van egoïsme en overlopende hartstochten.

Niemand was bang voor de wet, waar de wet een mythe was. Ieder droeg de zijne om de middel en alles hing af van hoe hij wist hoe hij het moest toepassen en hoe snel hij zegevierde.

Mannen als Foot en Fritt waren bijna gewoon in de stad, net als vele anderen, wier namen te veel ruimte nodig hadden om op te noemen. Gedurende de tijd dat het gouden rijk in de Parel van de Stille Oceaan duurde, werden ze met ongebruikelijke frequentie vernieuwd, omdat de dood de leiding had over het versnellen van het opruimen van hun gelederen om plaats te maken voor degenen die binnenstroomden, blij om te kunnen dekken hun gelederen.

Misschien was de enige fatsoenlijke opmerking die kon worden gevonden, dat berovingen, gevechten en doden plaatsvonden, op enkele uitzonderingen na, onder die menigte. Het was een nest slangen die elkaar verslonden, en dat deden ze niet uit vriendelijkheid, maar vanwege hun ijdelheid als schurken en ruwe mannen was het geen aureool om een stakker te doden zonder moed of moed om ze onder ogen te zien. 'Hun man vermoorden', zoals ze in het tragische stadsjargon zeiden, betekende het onderdrukken van een ander die even dapper, snel en gedurfd was als zij. Dit was inderdaad een poster om als trofee op te hangen om respect op te leggen aan degenen die, als schurken pronkend, hun gezicht konden laten zien.

Na een maand van het stilzwijgend overeengekomen pact tussen Foot en Fritt, leek er een periode van relatieve rust te heersen in San Francisco. Dit betekende niet dat er geen vechtpartijen waren en dat de veulens 's nachts niet sinister blaften, maar het kwam allemaal neer op geïsoleerde ruzies, toevallige ontmoetingen of geschillen veroorzaakt door overmatig alcoholgebruik of interesse uit de speeltafels.

De leden van de twee bendes hadden zich, met respect voor hogere orders, beperkt tot het ontwikkelen van hun activiteiten in de aan elk toegewezen gebieden. Er werd geprobeerd de rommel van belastingen voor de lokale bevolking op te lossen om de opstanden te voorkomen en alles leek even soepel te verlopen.

Fred, de tweede van Foot, had van de wapenstilstand gebruik gemaakt om Agnes' tent regelmatiger te bezoeken. Vrij van werk en zonder de noodzaak om extreme voorzorgsmaatregelen te nemen om zijn leven te verdedigen, gaf hij zich over aan een bestaan van plezier en gemak dat hem tot op dat moment verboden was.

En zijn meest vastberaden poging was om de norse en geaccentueerde minachting van Betty, 'de Blonde', weer te geven. Zijn ijdelheid als een grillige man, verwend door bijna alle ellendelingen die hun arme leven in de gokhallen verteerden, was het niet eens met die minachtende behandeling, en met een plakkerigheid die het meisje deed krullen, belegerde hij hem in alle schakeringen, zelfs tot insinueren met geweld als hij het niet eens was met hun beweringen.

Zo koppig was hij dat de jonge vrouw naar Agnes ging. Hij kende het overwicht dat deze had verworven met de twee hanen van de stad en hoopte dat een druk van haar te voet zijn tweede zou dwingen op te houden en zich meer in te houden.

Agnes luisterde vriendelijk naar haar en antwoordde:

'Als je Fred niet mag, zou ik je geen advies moeten geven. Ik ben heel vrij geweest om mijn liefdes in het leven te kiezen en ik heb ook niet toegegeven aan bedreigingen. Als je er niet van overtuigd wilt zijn dat je je tijd aan het verdoen bent, zal ik ervoor zorgen dat je het begrijpt.

Totdat Agnes op een nacht gedwongen werd om namens het meisje in te grijpen. Ze was een waardevolle aanwinst voor haar joint, en ze was zelfbewust en nerveus als Fred in de woonkamer was en ze moest werken.

En omdat dit zijn belangen schaadde omdat het meisje de clientèle niet met het nodige plezier en dynamiek bediende, verloor hij zijn geduld en richtte hij zich tot de schutter, ging hij voor hem staan en zei:

Luister, Fred; Dat je de handlanger van mijn vriend Foot bent, geeft je niet het recht om je met de zaken van mijn etablissement te bemoeien. Ik heb je de tijd gegeven om jezelf ervan te overtuigen dat Betty niets met je wil en het wordt tijd dat het in je hoofd opkomt. Je maakt haar nerveus, je maakt mij en je doet ons allebei kwaad in ons belang. Overtuig jezelf dat je daar niets te doen hebt en ga meteen naar de hel, maar ga niet over mijn hoofd.

Fred kon niet toegeven dat een vrouw hem met zo'n vernederende hardheid zou behandelen en hij werd woedend en antwoordde:

'Houd jezelf niet te belangrijk, Agnes. Je gelooft dat je de koningin van San Francisco bent omdat Foot te dom is om zich door jou te laten domineren, en als je denkt dat ik op hem lijk, dan heb je het mis. Bijt op je tong en bedreig me niet, want ze zullen je zwaar belasten.

Ze keek hem onverschrokken recht voor zich uit en antwoordde:

'Jij bent de idioot en je beseft het niet. Noch met de vriendschap van je baas, noch zonder die vriendschap, stem ik in met iedereen die me probeert op te dringen in mijn huis, en kijk me niet zo aan, want je hebt een dozijn revolvers die op je wijzen en op een signaal van mij ze zullen je daar neerschieten. Betty wil niets liever dan je uit het oog verliezen, en als je mijn huis wilt blijven bezoeken, zou je er goed aan doen haar met rust te laten. Laat me niet aan Foot vragen om je te verbieden hier meer binnen te komen. Ik zou je die vernedering niet willen aandoen, maar als je me dwingt, zal ik niet aarzelen, want ik ben meer dan een vulgaire vrouw, zelfs als je anders gelooft. Als mannen als Foot en Fritt mij belangrijkheid hebben gegeven, heb je te weinig om het van me af te nemen.

Fred was paars van de minachtende berisping die hardop voor de klanten werd gegooid. Hij had een wild verlangen om zijn revolver te trekken en die scherpe tong die hem als een mes verwondde tot zwijgen te brengen, maar hij sloeg de waarschuwing niet in de wind. Acht stoere, gespannen mannen op veilige afstand vormden een dreigende halve cirkel, en hij wist dat hij, hoe snel hij het veulen ook hanteerde, alleen maar gedood zou worden, zelfs als hij de afschuwelijke vrouw meenam.

Ze beet van woede op haar lippen en brulde:

'Ik ben heel vrij om het hof te maken wie ik wil, aangezien het niets van jou is.

"Het zal buiten mijn etablissement zijn, maar binnen, nee. Je ergert me en je doet me pijn en ik heb een bedrijf om het uit te buiten en niet om je plezier te bezorgen. Lees hier meer over en dwing me niet om stappen tegen u te ondernemen.

Geërgerd antwoordde de schutter:

"Ik waarschuw je dat Foot niet de boeman is, althans voor mij, hij dient mij en ik dien hem en hij kan alleen betrokken raken bij de dingen van ons bedrijf. Buiten hen ben ik vrij om te doen wat ik wil en wat ik wil. Als het je zo goed lijkt, verheugd, en zo niet... dan zal het zijn zoals ik wil.

'Niet zo opscheppen, Fred. Je baas laat je niet je bevlieging doen omdat je dat wilt. Wees geen dwaas.

'Noch hij, noch iemand anders zal me ervan weerhouden het te doen, als het mijn gril is. Waar de ene man de andere kan plaatsen, en als ik tot nu toe aan zijn zijde heb gestaan, zal het geen lafaard zijn geweest.

'Dat maakt me weinig uit, Fred; maar trek niet te veel aan het touw. Je bent gewend om veel dingen te doen en je denkt dat ze allemaal gemakkelijk zijn. Ik ben een zeer harde noot om te kraken.

"Je bent ijdel. Avonturiers zoals jij zijn hier massaal gekomen en hebben het zo lang volgehouden als we wilden.

'Tot ik arriveerde, en sommige idiote mannen zoals jij, duurden ze minder. Als je hier met een ander plan komt, zal ik je graag ontvangen en zelfs je grofheid vergeten. Ik kan je niet vragen om je als een senator te gedragen, want er zijn bepaalde dingen die alleen kunnen worden bereikt door twee keer geboren te worden, maar ik zal eisen dat je alles om me heen met rust laat. Ga alsjeblieft... in ieder geval voor vanavond. Misschien kalmeert de frisse lucht je een beetje en laat je de dingen vanuit een ander gezichtspunt zien.

En als ik niet weg wilde, wat zou er dan gebeuren?

'Vraag het me niet, Fred. Het zou gênant voor je zijn als ik het je zou vertellen, en ik geloof dat je met gezond verstand me kent. Ik smeek je om te gaan, en dat is genoeg.

Hij begreep wat ze bedoelde. Die acht jongens die hem niet uit het oog verloren, zouden hem op de een of andere manier dwingen. Het was beter om het uit eigen vrije wil te doen en niet te leiden tot iets dat geen gemakkelijke oplossing zou hebben.

En boos stond hij op van tafel, gooide een handvol dollars op het bord en verliet het pand.

Verscheidene dagen was hij zonder naar de gokhal te gaan. Agnes realiseerde zich dit en oordeelde dat de dreiging sterk genoeg was geweest om respect af te dwingen voor de schutter. De kracht van zijn baas was zonder verraad niet ter discussie te stellen en hij had veel mensen die hem zouden verdedigen als het zou exploderen door een van zijn componenten, zelfs als het Fred was.

Daarom nam hij niet de moeite om het incident met zijn tweede aan Foot te melden. Hij was bang dat het tot een bittere ruzie tussen hen zou leiden en wilde dit wijselijk vermijden.

Maar een week later voelde Fred, die in andere bars samen met zijn metgezellen meer dan nodig had gedronken, de aantrekkingskracht die Betty op hem bleef uitoefenen en zijn ruzie met Agnes vergeten en op dat moment minachtend voor wat er zou kunnen gebeuren, besloot hij keer terug naar het speelhol van «La Bella Californiana».

Maar deze keer was zijn aanwezigheid gevaarlijker. Alcohol moedigde hem buitensporig aan en Fred was een man die, als hij dronken was, alle controle miste.

En zo verscheen hij, met zijn ogen in vuur en vlam en het verlangen om te vechten in zijn bloed, in de kamer toen het meer geanimeerd was en wanneer de eigenaar minder een incident verwachtte dat de rust zou verstoren die enkele dagen in zijn etablissement had geregeerd.

* * *

Chance heeft eigenaardigheden die soms komisch en soms dramatisch zijn. Deze keer, in overeenstemming met de sfeer van de stad, had hij een nogal harde gril en deze had een naam: Stuart Sterling.

Stuart was het honderd procent type avonturier, voor wie de wereld zo'n onbeduidende ruimte was dat de afmetingen te smal voor hem waren.

In zijn achtentwintig jaar uitbundig en hectisch leven had hij duizenden kilometers door pulserende omgevingen gereisd, gebruiken bestudeerd, lessen getrokken en zich verveeld zonder het te kunnen vermijden, omdat de emoties die geleden werden tijdens al die lange exodus de maatstaf niet konden vervullen van zijn verlangens en hij bleef zoeken naar het tot het onmogelijke verhitte klimaat dat hem onmiddellijk tevreden zou stellen om zich terug te trekken in een vreedzaam leven na de parodie op de uitdrukking "Ik arriveerde, zag en overwon."

Hij had met schuiten op de Mississippi gevlogen, woest gevochten in havenkoffiehuizen en tavernes, bizons achtervolgd langs de Ohio, met postkoetsen gereden op de oostelijke routes, met de Indianen gevochten op de centrale vlaktes met caravans op de Santa Fe-route, dienst gedaan als een goede man (en om te zeggen dat goed betekende sterk om kalmte op te leggen) in de slechtste gokholen van San Antonio en Austin, won hij zout uit de Humboldt-mijnen en goud uit die van Virginia City, en toen hij het ruige San Francisco bereikte, en het gunstige klimaat om er geld mee te verdienen, stopte hij het goudstof dat zijn hele fortuin was in een canvas zak, bekeek zijn dubbele set revolvers met een paar grillige inkepingen in hun zwartgeblakerde peuken, en nam de koers van de wilde kust, klaar om erin opgemerkt te worden ,,want zijn grootste ijdelheid was om nergens onopgemerkt te blijven.

In zijn hart was Stuart een naïeve man, gehard door het leven, met een geest die een mengeling van goed en kwaad had, die afhankelijk van de manier waarop de neerslag werd bewogen, op de een of andere manier explodeerde.

Naast keiharde acties had hij bizarre periodes van romantiek. Ooit had hij hevig gevochten met tien indianen die hem omringden. In kracht van moed, schietvaardigheid en vaardigheid slaagde hij erin zes neer te schieten en viel toen de overige vier aan, verwondde en trok aan hun haar terwijl ze nog ademden, een actie die hem op hetzelfde niveau bracht als de Redskins. Onder de gewonden was echter een jongen van een jaar of veertien, die, hoewel hij hevig met hem had gevochten, beschuldigde dat hij nog een kind was.

Onbezorgd genas hij hem zo goed als hij kon, droeg hem op zijn rug en, zich blootstellend aan de beschieting met pijlen door zijn stam, nam hij hem mee naar de stam en liet hem bij de "tipi's" achter, terugkerend naar zijn startpunt. Honderden van deze eigenschappen konden worden geteld, en om deze reden was het erg moeilijk om hem in een algemene sectie tussen goed en slecht in te delen.

Toen hij op een zonnige en vreugdevolle ochtend in San Francisco aankwam, stond hij in extase bij het aanschouwen van de goudverspilling die de sterrenkoning over de prachtige baai uitgoot, en hij hield zichzelf voor dat het de moeite waard was om daar te wonen, ook al was het maar een korte tijd. fase.

Hij ging zo op in de aanschouwing van de zee dat hij gespannen bij de golfbreker stond met de uitpuilende bagage op het land naast hem en zijn heldere pupillen gefixeerd op dat prachtige schilderij.

Dit weerhield hem ervan om op tijd iets fundamenteels voor hem te beseffen. Een van de vele ongewenste mislukkingen die de stad overspoelden, ontdekte hem, en toen hij hem alleen zag, goed gekleed en met die veelbelovende bagage, aarzelde hij niet om hem een nogal onaangename ontvangst te geven. Hij naderde hem voorzichtig van achteren en terwijl hij de loop van zijn revolver op zijn middel drukte, beval hij:

"Blijf op je gemak naar de zee kijken en beweeg niet. Ik zal uw gewicht verlichten, zodat u later meer op uw gemak kunt lopen.

Stuart nam niet de moeite om zijn hoofd om te draaien. Met volkomen kalmte antwoordde hij:

"Nou vriend, dat heet vroeg opstaan om me te verwelkomen. Wat interesseert je aan mij?

"Dat is het allemaal waard.

"Oh! Het beste aan mijn persoon ben ik. Ben je geïnteresseerd?

'Absoluut. Niets dan het geld, de bagage en de revolver.

'Je hebt het mis om mijn waarde te minachten, vriend. Als ze me zouden beschuldigen van alles wat ze van me vragen, zou het veel meer waard zijn dan wat ze van plan zijn te nemen. Je vindt mijn geld in mijn portemonnee, hier om mijn middel heb ik een zak vastgebonden met een paar pond goudstof, mijn veulen is hier. Neem het zoals u denkt dat het meest comfortabel en veilig voor u is.

De ongewenste probeerde de revolver van zijn rug te rukken en stak zijn hand uit om het wapen te verwijderen. Op dat moment viel Stuart op de grond, trok aan de arm en sleepte de overvaller weg. Hij draaide zich om, viel zijwaarts en hoewel hij vuurde, trof het schot geen doel.

Daar eindigde het incident. Met een krachtige klap op zijn kin sloeg hij hem knock-out en nam hem toen mee alsof hij een veer was, tilde hem in de leegte, ging met hem mee en wierp hem moeiteloos van de golfbreker in de zee.

Een ogenblik volgde hij nieuwsgierig de cirkels gevormd door het water op de plaats van de val, zich breder makend tot het in de branding brak, en toen hij ervan overtuigd was dat het er niet meer uit zou komen, mompelde hij:

"Arme duivel, hij is beslist niet geboren om een dief te zijn!

En met deze rouwrede pakte hij zijn zak weer op en ging naar het dorp.

Nadat hij op zoek was gegaan naar onderdak, wat noch gemakkelijk noch goedkoop was, besloot hij zich te oriënteren en bezocht hij twee nachten enkele gokhuizen. Uit de gesprekken die hij wist vast te leggen, trok hij een conclusie: dat helse paradijs had twee eigenaren en deze eigenaren werden Foot en Fritt genoemd, die door durf en majesteitelijk leefden ten koste van de inspanning van anderen.

Dat systeem van uitbuiting van eigenaren van gokhallen die een bedrag eisten om hun etablissementen te garanderen, leek een ontdekking. Het was tenslotte iets heel vulgairs, dat met een paar mannen van hart kon worden bereikt, en na het brede veld dat de stad bood, te hebben afgewogen, werd gezegd dat er niet alleen ruimte was voor twee, maar voor drie. Alles bestond uit het verleggen van grenzen en het beter verdelen van het werkveld.

Het bedrijf, dacht hij, was niet erg eerlijk, maar het eisen van een deel van de winst dat voor bepaalde uitbuiters niet erg duidelijk was, kon niet als een grote zonde worden omschreven. Als ondeugd veel opleverde voor bepaalde uitbuiters om van te leven, betekende het niet veel om plaats te maken voor nog een. Iets minder voor anderen en een beetje voor zichzelf.

Hij nam aan dat ze het hem niet vrijwillig zouden geven en dat hij met enige tegenstand zou moeten vechten, maar als je brutaal, stoer en dapper was zoals hij, kon je proberen deel te nemen aan het spel. Wie niet tevreden was, die probeerde zich ertegen te verzetten als hij kon.

Ik was nieuwsgierig om de twee leiders van de operationele bands te ontmoeten. Misschien zou hij een minnelijke schikking met hen kunnen treffen en zelfs met een flink percentage bij hun organisatie kunnen aansluiten. Hij was goed voor veel dingen en ze zouden hem niets gratis geven, maar als ze weigerden, zou hij het zo goed mogelijk zelf nemen.

Toen hij informeerde hoe hij met een van hen in contact kon komen, hoorde hij dat zijn idee niet zo eenvoudig was als hij dacht. Beiden leefden in mysterie en werden goed bewaakt, maar ze gingen vaak naar de tent van "La Bella Californiana" en misschien zou hij daar de gelegenheid hebben om een van de twee te ontmoeten.

En hij wijdde zich aan het bezoeken van het etablissement in de hoop op een incidentele ontmoeting met iemand; meer waren een paar dagen geweest dat ze niet op het terrein verschenen en hij werd gedwongen de tijd voorbij te laten gaan zonder geluk, hem vergezelden in zijn wensen. Stuart, een gelukkige, dynamische man met een groot verlangen om van het leven te genieten, besloot het beste van die tijd te maken, en omdat hij knap, aantrekkelijk, grappig was in zijn geestige en goed dansende, gaf hij zich over aan de taak om zijn avonden met de meisjes uit de cast van Agnes, waarbij zijn wil en sympathie snel werden vastgelegd, aangezien hij niet onbeleefd was in zijn omgang en even dapper als onbeleefd met hen kon omgaan.

Maar onder alle meisjes had Betty een bijzondere aantrekkingskracht op hem. Hij vond haar eleganter, verfijnder, aantrekkelijker en verleidelijker, en hij maakte haar tot het object van zijn voorkeuren, zonder haar daardoor te storen in haar verplichtingen binnen het establishment.

Agnes ontging niet de luidruchtige aanwezigheid van de vreemdeling en zijn volharding jegens Betty, maar aangezien hij beleefd en terughoudend was, had ze niets tegen die voorkeur in te gaan. Hij geloofde dat ze de bloem van een paar nachten was, en zolang hij zijn goud rijkelijk uitgaf en zijn meisjes niet demoraliseerde, tolereerde hij hem niet alleen, maar begon hij hem sympathiek en aangenaam te vinden.

Hierdoor vergat ze Fred. Het feit dat hij niet was teruggekeerd naar het etablissement leek een goed teken. Hij moet zich de schade hebben gerealiseerd die hem ertoe zou kunnen brengen zijn beweringen te handhaven, en blijkbaar had hij het meisje opgegeven om zijn troebele ogen op iemand anders uit een ander gokhol te richten.

Tot ze 's avonds later, toen ze het het minst verwachtte, hem fronsend binnen zag komen, zijn ogen te fel en een grof gebaar van opstandigheid waar ze niet van hield.

En hij was op zijn hoede. Als hij, ondanks dat hij al gevoeld had, zich bij de jaloezie voegde die de eerbied voor Betty van de vreemdeling in hem kon ontbranden, zou er iets ernstigs gebeuren dat de zaak van nu af aan zou veranderen of een plotselinge en bloedige explosie zou veroorzaken.

HOOFDSTUK IV

STUART BEGINT HET SPEL

Fred ging aarzelend de studeerkamer binnen, en nadat hij met zijn troebele blik om zich heen had gedwaald, glimlachte hij wreed en nam plaats aan een tafeltje dat toevallig onbezet was. Hij bestelde whisky met een schorre stem en toen het werd geserveerd, greep hij het glas met een nerveuze pols en dronk wat van de inhoud, terwijl hij zijn droge lippen afveegde met de rug van zijn hand. Toen was hij gespannen en bekeek hij iedereen in de kamer.

De meisjes dansten op de tabladillo op het ritme van levendige en speelse muziek die de buffetpiano een beetje bitter speelde. Ze dansten een luidruchtige cancan, en bijna alle klanten gingen op in de contemplatie van het suggestieve gezwaai van de meisjes.

Stuart, die aan een tafel naast de tafel zat, glimlachte opgewekt en dynamisch, knipoogde naar Betty, die hem af en toe een expressieve blik toewierp of hem een picareske knipoog gaf die de glimlach op het gezicht van de avonturier nog meer verbreedde. .

Fred, hoewel dronken, stopte niet met het oppikken van die signalen van intelligentie en voelde een agressieve nieuwsgierigheid om te weten aan wie ze waren gericht, maar er waren zoveel klanten rond de tafels bij het podium dat het niet gemakkelijk voor hem was om de favoriete.

Maar instinct vertelde hem dat er iemand was die meer geluk had dan hij, die erin was geslaagd de sympathie van het meisje te begrijpen, en zijn tanden knarsten woedend op elkaar. Hij stond klaar om ophef te maken, en Betty's gebaren zouden als voorwendsel dienen om ophef te maken.

Agnes, die afwisselde met twee rijke veehouders op een strategische plek van waaruit ze de hele kamer observeerde, merkte Fred's ietwat agressieve aanwezigheid op en uit angst dat er iets tragisch zou gebeuren, probeerde ze het te vermijden.

Daarom stond hij op, toen de dans was afgelopen en voordat de meisjes de kamer verlieten, gekruist tussen de tafels door en naderde degene die Stuart aan het bezetten was, en zei met zachte stem:

Luister, vreemdeling. Je bent een heel aardige man en een goede klant, maar op dit moment ben je een kruitvat met een brandende lont en ik zou het graag willen doven.

"Duivel! "riep Stuart verbaasd uit." Wat heb ik gedaan om me zo te kwalificeren?

"Nog niets, maar hij kan het. Op dit moment is er iemand in de woonkamer die de rust die hier heerst wil verstoren. Je zult hem niet kennen, maar als je van Konny Foot hebt gehoord, zul je je realiseren wat deze naam betekent.

"Konny Foot? Ik heb van hem gehoord en ik wil hem graag ontmoeten. Vertel me wie het is.

'O, het gaat niet om hem! Als het Foot was, zou ik kalm zijn, want hij is een goede vriend van mij. Het gaat over Fred Prestley, zijn tweede, een te harde kerel, die verliefd is op Betty, en sinds ze hem heeft geminacht, voelt hij zich boos tot op het punt van agressie.

"Ik moest serieus dreigen met klagen bij zijn baas en ik heb hem een paar dagen geleden hier weg geschopt. Ik dacht dat hij zelf ontslag had genomen, maar ik zie dat hij dat niet heeft gedaan, omdat hij net is verschenen en niet in erg goede staat. Hij moet te veel gedronken hebben en ik vermoed dat hij in de stemming is om ophef te maken.

'Een mooi uitzicht dat ik niet wil missen, mevrouw,' antwoordde Stuart opgewekt. Het is iets dat mijn zenuwen tempert en je hebt er goed aan gedaan om me te waarschuwen, want op die manier zal ik zelfs het kleinste detail niet missen.

"Ja maar nee. Je gaat het pas in elkaar zetten als je merkt dat Betty een gezicht naar jou trekt en jij naar haar. Het is beter dat je het meisje vanavond met rust laat om alle ophef te voorkomen. Fred is zo wild, dat ik zou mezelf in een compromis brengen, niet alleen vanwege wat de bestelling beïnvloedt, maar vanwege zijn baas en ik wil het vermijden.

'Waarom ga je niet naar hem toe, doe je zijn jasje uit en geef je hem een pak slaag omdat hij onhandelbaar is? Ik acht haar in staat om het te doen, maar... nou, ik denk dat het een advies is dat ik een vrouw niet moet geven. vertel me maar wie die marionet is, ik wil niet overrompeld worden.

'Nou, kijk naar de deur en de derde tafel aan de linkerkant zal je vertellen wie het is. Hij staat er alleen in.

"Bedankt. Ik zal naar hem kijken en hem in de gaten houden, maar beantwoord nu een vraag: waarom heb je dit dierbare meisjeskoor hier ingehuurd?

"Zodat ze het pand opfleuren en als stimulans dienen voor klanten.

"Gewoon. En zodat ze met hen dansen, en afwisselen, en dwingen om uit te geven, is dat niet?

"Ik kan niet ontkennen dat ze daarvoor kosten in rekening brengen.

'Als dat het geval is, waarom zou hij dan toegeven dat een man van buitenaf zich tegen zijn gewoonten wil opdringen? Het verbaast me dat een vrouw van zijn kwaliteit het kan verdragen.

"Ik tolereer het niet, maar geconfronteerd met de mogelijkheid dat er iets ernstigs gebeurt, geef ik er de voorkeur aan een compromis te sluiten.

"Wat zoveel is als je laten vernederen door iemand die die gril voelt. Nou, als je dat denkt, ik niet. Ik ben niet een man die in staat is om de opleggingen van wie dan ook te weerstaan, noch ben ik bang voor wie dan ook, ongeacht hoe pesterig ze zich voelen.Je zou hetzelfde moeten doen, want met die procedure, als hij dat zou willen, zou deze kamer elke nacht een zendelingenverblijf worden, waar we allemaal stil zouden moeten zijn om hem te horen opscheppen.

»Het ergste wat je kunt doen, is vleugels geven aan degenen die niet weten hoe ze ze moeten gebruiken. Wat mij betreft, ik zal haar, met veel medelijden, vertellen dat ik met Betty zal dansen als ze niet uit vrije wil weigert, en als ik zie dat ze weigert omdat ze bang is voor die vent, zal ik haar vragen om dansen, of ze het nu wil of niet, want ik zou hem een minachting vinden om me zo lelijk te maken zonder reden in het bijzijn van iedereen. Ik heb niets met het meisje te maken en ik probeer me ook niet aan haar op te dringen, maar hier komt ze om een missie te vervullen en ik betaal voor die missie om van haar te genieten. Noch Fred, noch zijn baas, noch zijn hele bemanning, zouden me ervan weerhouden te doen wat ik wilde zonder iemand te dwingen.

Agnes keek hem tussen bewondering en ergernis aan en antwoordde:

"Besef je wel wat dat kan betekenen?

"Precies hetzelfde als het voor hem kan zijn.

"En wat betekent het voor mij?

'Je gaat me niet vertellen dat je een angstige vrouw bent, of dat deze man je gaat opeten. Als je in San Francisco woont en een plek als deze wordt uitgebuit zonder de hulp van een man, dan is dat omdat je het lef en de moed hebt om alle tegenslagen die zich voordoen het hoofd te bieden. Ik denk niet dat Fred meer is dan vele anderen die hier zijn gekomen om te vechten.

'Op zich niet, maar je baas...

'Naar de hel met je baas! Als hij, zoals u beweert, uw vriend is, zal hij u dat bewijzen. Aan de andere kant ben ik degene die mijn gezicht zal laten zien en niet jij. Laat me met rust en loop weg. Als die vent hem komt leren over dingen die hij niet weet, zal ik ervoor zorgen dat ik zijn leraar ben en ben jij nooit verantwoordelijk voor wat er tussen hem en mij kan gebeuren.

Agnes keek hem vol bewondering aan toen ze de standvastigheid en kalmte van deze koude vreemdeling opmerkte. Na een korte aarzeling antwoordde hij:

'Je lijkt heel zeker van jezelf.

"Zo zeker als ooit zal ik San Francisco bezitten. Het is iets dat in mijn hoofd is gekomen en ik zal het krijgen. Omdat dit niet wordt bereikt door de ruggengraat voor de mensen te buigen, maar door hem te laten buigen, ben ik op alles voorbereid.

'Heel ambitieus, vreemdeling. Vergeet dat degenen die hier vandaag de baas zijn, veel en gevaarlijk hebben moeten vechten om dat te zijn.

'Nou, we zullen vechten zoals zij of beter. Ga weg en laat me achter, want daar zie ik Betty en deze zaak is van mij en van niemand anders.

En rustig opstaan, verliet hij de tafel om naar buiten te gaan om het meisje te ontmoeten.

Agnes was even gespannen omdat ze niet wist welke beslissing ze moest nemen, maar Stuarts moed en zelfvertrouwen hadden haar voor zich gewonnen. Hij vermoedde dat als Fred iets gevaarlijks zou proberen, hij jammerlijk zou falen en haalde zijn schouders op. Zoals de schutter de boel aan het opzetten was, moest dit op een dag komen en het was bijna beter dat een vreemde het deed, zodat ze de verantwoordelijkheid bespaarde om haar mannen te dwingen rechtstreeks in de zaak tussenbeide te komen.

Hij trok zich terug naar zijn tafel zonder Fred uit het oog te verliezen, terwijl Stuart rustig naar Betty liep.

De piano liet zijn melodieën al horen en nodigde klanten uit om te dansen en Stuart probeerde de jonge vrouw in haar middel te binden, maar Betty had al ontdekt dat Fred de dreigende blikken opving die hij hem toewierp. Daarom, negerend dat zijn partner werd opgelegd aan de gespannen situatie, pleitte hij:

'Wil je me even laten rusten? Ik ben moe van het werk en zou het op prijs stellen als...

"Wacht even," onderbrak Stuart "; geen excuses, want ik ben op de straat van wat er gebeurt. Ik denk dat als je een man begint te laten zien dat je bang voor hem bent, je verloren zult zijn, en ik, voor mijn kant, ik ben niet bereid mezelf voor schut te zetten. We zullen dansen en... vrees niet. Als de zenuwen van die vent getriggerd worden, zal iets ergers mij eerst neerschieten. Kom op, meisje.

En voordat ze tijd had om hem af te wijzen, kneep hij haar om haar middel en trok haar op de grond.

Betty heeft zelf ontslag genomen. Op een dag moest het explosief afgaan, en als ze het uitstelde, zou ze misschien niet zo'n hele en vastberaden man hebben om haar goed te beschermen.

Toen Fred zag dat de jonge vrouw met Stuart danste, voelde hij een vreemde trilling in zijn hele wezen, en hij wierp vernietigende blikken naar het meisje, waarin hij een vreselijke bedreiging voor haar uitte als ze zou blijven dansen, maar de avonturier hield haar stevig vast. om haar middel en voor niets ter wereld zou hij hebben toegestaan dat ze van hem afkwam.

Bovendien, om Freds bewegingen beter te beheersen, sleepte hij Betty naar die kant. Hij wilde niet dat de andere koppels zijn zicht zouden belemmeren door elke beweging van de schutter te verbergen.

Zo naderde het hem gevaarlijk; Betty stond bijna op het punt flauw te vallen, toen ze het tragische einde vermoedde van dat tafereel waarin de zenuwen van de hatelijke dappere kerel roodgloeiend moesten zijn.

En eigenlijk waren ze dat ook. De neergeslagen schutter, razend als papier, klemde zijn tanden op elkaar en klemde ze in elkaar alsof hij probeerde ze samen te smelten. Zonder te weten waarom, begreep hij dat deze onbekende man zijn woede enorm aanwakkerde, alsof hij de waarheid van zijn gevoelens kende, en zijn ijdelheid als een vernederde man zou er niet mee instemmen om door zo'n situatie te gaan.

Plotseling sprong hij als een hondsdolle kat uit de stoel en ging voor het paar zitten. Stuart, die hem niet uit het oog verloor, liet Betty abrupt los, verborg haar met zijn lichaam en vroeg met ijzige kalmte:

'Ben je zo erg op je zenuwen dat je die groteske sprongetjes maakt? Waarom wordt er niet voor ze gezorgd? Je hebt ons bang gemaakt, vriend.

Maar Fred, die de jonge vrouw bij de arm probeerde te grijpen, wat Stuart verhinderde, dreigde grof:

"Ik heb je gezegd dat je niets anders danst, behalve met mij terwijl ik hier ben, en als ik je weer zie in de armen van een andere man, zal ik je doden als een hond.

Stuart keek hem koel aan en vroeg:

'Met wiens toestemming?

"Zonder toestemming van wie dan ook, want ik vraag er meestal niet om, maar om het aan te nemen.

'En heb je niet een beetje op me gerekend?

"Met jou? Ja, ik denk het wel.

Zijn hand schoot naar de revolver en trok eraan. Betty slaakte een verbazingwekkende schreeuw, sloeg haar handen voor haar ogen van angst, en als reactie op de schreeuw was er een ontploffing. Fred, met de revolver aan het handvat geklemd maar geen tijd om de trekker over te halen, brulde van hevige pijn en liet wanhopig het wapen vallen om zijn handen op zijn buik te leggen.

Hij kneep er met woeste woede in, niet in staat te voorkomen dat het bloed door zijn krampachtige vingers stroomde, en nadat hij een tragische boog met zijn lichaam had getekend, viel hij met zijn gezicht op de grond kronkelend van doodsstrijd.

Een indrukwekkende stilte volgde in de woonkamer. Toen brak er een kreet van verbazing uit en degenen die het dichtst bij hem stonden omringden de gevallen man, hem gretig onderzoekend alsof ze het moeilijk hadden om zichzelf ervan te overtuigen dat het mogelijk was geweest om deze stoere en schijnbaar onoverwinnelijke kerel af te maken nadat hij hem had toegestaan te tekenen .

De meisjes schreeuwden hysterisch. De pianist, trouw aan zijn slogan, bonsde op de piano en probeerde zichzelf op te dringen aan het tumult, en Agnes, een beetje bleek maar sereen naderbij komend, benaderde Stuart en zei:

'Waar ik bang voor was... alleen andersom.

"Dat is goed opgemerkt", antwoordde de avonturier glimlachend. Ik hoop dat dit incident hier eindigt.

'Ik ben bang dat het hier begint, vreemdeling. Nu moeten we weten wat Foot zal denken van de dood van zijn tweede.

'Ik denk niet dat het me gaat opeten. Ik heb hem toegestaan het pistool te pakken voordat ik dat deed, en als hij zwaarder bleek te zijn in de hand, is het niet mijn schuld.

'Oké, maar dat zegt niets. Ik ben bang dat Foot het niet vriendelijk ziet.

"Het zal zijn omdat ze niet zo mooi zullen zijn als ik. Waar is hij bang voor, dat hij woedend zal zijn omdat er iemand zo snel is als hij met een pistool in zijn hand? Ik denk niet dat ik het probeer om het voorrecht van snelheid te krijgen. U zult het zo moeten toegeven, en als u niet tevreden bent, kunnen we de zaak op dezelfde manier bespreken. Ik ben een man die alle mogelijke faciliteiten biedt om zaken op te lossen.

Agnes antwoordde niet. Hij was bang dat hij inderdaad een te stoere en gevaarlijke man was en dat Foot hem als een gevaar voor haar toekomstige veiligheid zou beschouwen.

Fred stierf bijna plotseling met gekruiste darmen en "de Californische schoonheid", die zijn zenuwen probeerde te beheersen, merkte op:

"Wees wat de duivel wil. Jim, neem die man mee naar binnen; dat zij dat bloed reinigen en ieder naar zijn plaats. Betty, ga naar mijn kamers en kalmeer jezelf. Je bent zo bleek als de doden en daarom kun je niet handelen. John, ga Foot zoeken, en als je hem vindt, zeg hem dan dat ik alsjeblieft hierheen moet komen, want ik moet hem dringend spreken. Wat jou betreft, 'voegde hij eraan toe, zich richtend tot Stuart,' denk ik dat het beste wat je kunt doen is om van hier te verdwijnen, en als je dat doet uit San Francisco, des te beter. Ik zal proberen deze zaak met Foot op te lossen.

"Heel erg bedankt Agnes; Je bent een geweldige vrouw omdat je sterk en heel bent, een van die vrouwen die ik leuk vind omdat er maar heel weinig zijn, maar ik zal deze kwestie ook bespreken met de kokosnoot van Foot. Ik wilde hem echt ontmoeten en een betere tijd dan dit, geen.

'Je zult zeggen slechtste gelegenheid. Hij zal haar niet kunnen vergeven dat ze de beste van zijn mannen heeft vermoord.

"En dat was het beste? Hoe zullen de anderen zijn! Veel beter ben ik, zoals ik heb laten zien, en als je een vervanger nodig hebt, kunnen we elkaar begrijpen. Ik denk dat het bij hem past, want als hij me afwijst ... dan zal ik hem op een dag verdringen.Het is een besluit en niemand zal me van mijn idee terugbrengen.

'Denk je dat het je bang zal maken?

'Ik denk het niet, maar hij ook niet voor mij. Het zal iets zijn dat we op twee manieren kunnen bespreken. Naar jouw keuze laat ik je kiezen wat je het leukst vindt.

En rustig ging hij weer aan tafel zitten, zijn glas vullend met een kalme polsslag, terwijl Agnes, verwonderd over zijn koude bloed, hem argwanend aankeek.

Ook zij begon deze man leuk te vinden die er niet uitzag als een van degenen die ze ooit had ontmoet.

HOOFDSTUK V

EEN GEWELDIGE PROPOSITIE

Toen de orde eenmaal hersteld was, keerden de klanten, zij het met een zekere nervositeit, terug naar hun tafels, waar het evenement hartstochtelijk werd besproken. Dit was iets ongewoons en iedereen vroeg zich af hoe het drama dat net was begonnen, maar dat een moeilijk te voorspellen voortzetting vergde, zou eindigen.

Toen Agnes ervan overtuigd was dat er weer rust heerste, riep ze de chef van de mannen die in haar dienst waren om elk tumult te overwinnen en zei:

"Houd een oogje in het zeil, al verwacht ik niet dat er iets ongewoons gaat gebeuren. Als Foot komt, houd hem dan even vast en stuur me een waarschuwing. Ik ga naar mijn kamers.

Hij benaderde Stuart, die een sigaret had opgestoken, en smeekte hem:

"Zou je even naar mijn privékamers willen gaan?

"Duivel! Waarom niet? Dat eert mij buitengewoon, want het heiligdom van een vrouw als jij moet iets geweldigs zijn. Ik hoop dat dit geen reden is voor nog een gevecht.

Ze keek hem op een speciale manier aan toen ze hem hoorde. Ze herinnerde zich Foots volharding en liefdevolle pretenties en glimlachte uiteindelijk geamuseerd.

'Ik hoop van niet, in ieder geval voor vanavond.

'Het is maar goed dat ze me laten rusten. Waarom zeg je dat?

'Omdat de zaak te ernstig is voor Foot om iets te bedenken dat niets met de dood van zijn tweede te maken heeft.

"Donder en bliksem! Het betekent dat hij ook ...

'Ik wil niets zeggen, vreemdeling. Die zaken worden aan mij overgelaten. Volg mij

'Nou, ik wil niet in zijn privéleven komen. Als die gier verliefd op je is, zal ik je zeggen dat je niet zo slecht van smaak bent als ik had aangenomen.

"Bedankt. Je bent te dapper.

'Niet doen. Ik ben gewoon niets meer. Jij behoort tot het soort vrouwen dat ik graag had gewild.

"Wat zouden ze hebben? Vind je geen van hen leuk?

"Relatief. Mijn smaak is gevarieerd, maar hartcomplicaties lijken me voorbarig. Misschien op een dag, wanneer ik een troon van dollars of zakken goud heb, lijkt het tijd te zijn om erover na te denken.

"Te veel tijd geef je aan tijd. Het kan eerder oud worden.

'Nou, in de tussentijd hou ik van wat... ongecompliceerd.

"Betty bijvoorbeeld?

'Betty... en een paar van de andere meisjes die je hier hebt. Ze blijkt een vrouw van smaak te zijn door ze te kiezen en ik ben een zeer brede man in mijn uitgaven als het ding het verdient ... oppervlakkig.

"Ik doe niet.

'Je gaat me niet vertellen dat je een man in je leven niet leuk hebt gevonden.

"Ja. Veel, maar... om verschillende redenen, ook oppervlakkig. In plaats daarvan, voor het enige dat ik helemaal een man zou willen... heb ik hem nog niet gevonden.

"Als het een fooi waard is, wacht dan niet te lang met zoeken, anders zit je er zonder. Te veeleisend zijn kan ervoor zorgen dat ze je niet op tijd vindt.

'Denk je dat het al te laat voor me is?

'Niet doen. Dat niet, maar laat het niet zo zijn.

'Bedankt. Ik zal het advies bestuderen als ik tijd heb.

Ze hadden de galerij bereikt. Zij leidde hem vooruit en leidde hem naar zijn kamers, maar liet hem in de ontvangstruimte achter om naar Betty te kijken, die in een razernij op haar bed was gevallen.

De jonge vrouw leek te slapen en liep op haar tenen uit de slaapkamer terug naar Stuarts zijde.

Hij schonk whisky in en had een sigaar opgestoken die hij met verrukking zoog.

Agnes zei glimlachend:

"Ik merk dat er niet veel naar je wordt gekeken om hun smaak te bevredigen.

'Ik was je uitnodiging voor, dat is alles. Ik was er zeker van dat hij me whisky en sigaren zou aanbieden; Het is altijd verplicht om te doen met vertrouwensbezoeken, nietwaar?

"Je bent heel slim. Wat denk je dat ik je nog meer kan bieden?

'Laat een ijdele man mij niet veroordelen.

"Je doet er goed aan dat niet te zijn, want misschien had je het mis", antwoordde ze ondeugend glimlachend.

"Het zou jammer zijn, maar aangezien ik niet graag faal in mijn overtuigingen, verdient het de voorkeur dat hij het me niet vertelt.

'Ik kan je mijn bescherming bieden, die niet gering is.

"Ik twijfel er niet aan, maar welk concept kan een man hem bieden die op een vrouw vertrouwt om te slagen?

"Een slechte mening, maar je hebt me niet begrepen. Het is geen bescherming om zonder verdienste te klimmen, maar om de vrije weg voor die klim te vinden. Als je niet nuttig was om daar te komen, zou de hulp nutteloos zijn.

'Misschien is het iets nuttigs. Zoals ik het zou doen?

"Met behulp van mijn geweldige vriendschap met Foot. Misschien kan ik hem overhalen om zijn diensten aan te nemen ter vervanging van Fred.

"Welke interesse heb je in Foot?

"Hij is mijn vriend.

"Alleen je vriend?

"Het is precies wat ik wil dat het is.

"Laat hem dan zoals hij is in dat geval, want ik zou haar niet in de steek willen laten en een conflict veroorzaken. Misschien zal mijn ambitie er op een dag toe leiden dat ik die positie wil bekleden en zou ik me onzeker voelen over uw aanbeveling. Ik heb liever dat hij vrij kiest en wat daarna kan ontploffen is een zaak van ons beiden.

'Wees niet dom of ijdel. Er waren hier veel moedige mannen voor u die daarin volhardden en nu rustig rusten en mediteren op hun dwaasheden een paar centimeter onder de grond.

'Als hij zijn concurrenten kon vermoorden, waarom zou ik hem dan niet kunnen doden als hij dat zou willen? Er is geen onkwetsbare mens, en wat de een doet, kan de ander doen.

'Misschien, maar ik wil niet dat dat gebeurt. Wees tevreden als hij denkt dat je nuttig bent. De tweede plaats naast Foot is erg categorie.

"En om Foot nog veel meer te vervangen. Zou je genoegen hebben genomen met een joint als deze, iets wat lijkt op wat Betty hier is?

'Ik ben geweest en ik heb me gevestigd tot mijn tijd kwam, maar niet in de weg. Vrouwen slagen met vaardigheid en zonder bloed. Dat doe je met geweerschoten.

'Iedereen gebruikt alle wapens die hij kan. Aan het eind van de dag, geloof het of niet, de jouwe zijn gevaarlijker.

"Wees niet koppig. Luister naar me, waarom geef je dat niet gewoon op en accepteer je iets anders?

"Het feit dat?

"De positie van mijn vertrouwde man in het gokhol. Ik zou je goed betalen en ik zou graag een man zo compleet als jij aan mijn zijde hebben.

"Ik weiger het. Ik ben erg gevaarlijk als ik wat tijd naast een vrouw doorbreng. Ik zou uiteindelijk verliefd op je worden en dat wil ik niet.

Hij zei het op joviale toon en Agnes keek hem intens aan om te vragen:

'Zie ik er zo lelijk of oud uit dat ik je bang maak?'

'Als het zo was, zou ik het accepteren, want ik zou niet het gevaar lopen verliefd op je te worden. Je bent aantrekkelijk en ik denk dat je een te gevaarlijke vrouw bent. Ik hou niet van vechten met vrouwen en jij en ik zouden ruzie maken over één ding.

"Waarom?

'Vanwege een andere vrouw.

'Vanwege Betty? Vanavond heb je niet met haar gevochten, maar voor haar.

"Niet doen. Het is niet precies vanwege haar geweest, hoewel het als voorwendsel heeft gediend. Ik zou zelfmoord hebben gepleegd met Fred voor elk kleinigheidje om er voordeel in te zien, maar dit betekent niet dat ik niet blij ben dat ze heeft geprofiteerd.

'Je bent een absurde man en ik begrijp je niet helemaal,' verzekerde Agnes, geïrriteerd door de helderheid van Stuarts woorden.

Hij antwoorde:

'Maar ik ben eerlijk, dat is het belangrijkste. Ik heb veel ambities in mijn leven gehad en ik heb gevochten om ze vervuld te zien. Later leken ze me arm en onbeduidend, misschien omdat ze al bereikt waren en niet meer inspanningen verdienden, heb ik ze in de steek gelaten voor nieuwe. Ik kwam naar San Francisco omdat ze me vertelden dat het de mooiste stad was voor mijn zenuwen en om geld te verdienen. Ik heb mezelf ervan overtuigd dat je met goud alles van de wereld krijgt en ik bezit heel weinig, want tot nu toe heb ik het niet gewaardeerd.

»Ik wil geld verdienen, maar snel, zodat ik geen tijd heb om het met de ene hand te pakken en met de andere uit te geven. De dag dat ik mezelf zie met duizenden en duizenden dollars tegelijkertijd, zal ik misschien waarderen wat ze waard zijn en me een spaarder voelen, en daarom ga ik het proberen. Als wat mij overkomt, met alles, als ik het krijg, gooi ik het misschien weg en lijd ik aan de laatste en meest definitieve teleurstelling van mijn leven.

"Gebeurt hetzelfde bij jou met vrouwen?

"Hetzelfde, in ieder geval tot op heden. Ik heb gevochten om wat te krijgen en toen was ik teleurgesteld. Misschien was het omdat ik ze niet begreep... of omdat ze me niet begrepen.

'Je bent absurd om je niet anders te noemen.

'Noem me zoals je wilt. Het zou niet de eerste en misschien ook niet de laatste zijn.

"Ik geloof het, maar ondanks dat voorspel ik één ding. De dag dat een vrouw het je voorstelt ... die dag, met al dat arsenaal aan minachting en onwerkelijkheid, zul je het meest slaafse type zijn als het gaat om liefde Vraag wie je maar kunt doen zodat ze niet wreed en despotisch is, want als ze dat is, zal ze je voor eens en voor altijd laten boeten wat je voorheen met de anderen kon doen.

'Ik geloof niet in incidentele waarzeggers, Agnes. Ik ben al te gehavend om te betalen voor ontgroening.

"We betalen ze allemaal. Ik ook, en toch zou ik niet durven zeggen dat ik ze op een dag niet kan betalen. Er zijn momenten dat we, net als versleten schroeven, over de schroefdraad gaan en ... we kunnen niet langer vastdraaien zoals we zouden willen.

"Tegen die tijd zal ik van ouderdom zijn gestorven, anders ben ik gevallen met mijn laarzen aan.

Een van de medewerkers klopte op de deur om aan te kondigen dat Foot in de kamer was. Agnes gaf het bevel om opgevoed te worden.

Voordat de schutter arriveerde, zei hij tegen Stuart:

Denk er over na. Het is aan mij om Foot ervan te overtuigen...

'Doe het niet. Ik ga hem zelf overtuigen.

"Ik ben benieuwd hoe je het doet, maar als je faalt, verwacht dan niet dat ik op het laatste moment ingrijp. Dat is wat er op het spel staat.

"Ik zal vechten met wat komt.

Voet klopte op de deur en Agnes nodigde hem binnen. Toen de schutter Stuart ontdekte die comfortabel in de fauteuil zat en zijn sigaar rookte met het glas whisky voor zich, keek hij hem boos aan en vroeg:

"Een nieuwe gast?

'Niet echt, Foot. Maar de omstandigheden hebben me gedwongen je hier op te sluiten. Ik heb je iets ernstigs te melden en deze man is geen onbekende. Je kent hem misschien niet.

'Niet doen. Ik heb hem nooit gezien.

Stuart stond op en zei:

"Mijn naam is Stuart Sterling. Ik denk dat voor het moment de rest opvallend is.

"Mijn naam is Konny Voet. Ik veronderstel dat je enige informatie over mij zult hebben die het toevoegen van meer details vermijdt.

'Ik heb heel veel informatie, vriend, en ik bedrieg je niet als ik je vertel dat ik er veel zin in had je te ontmoeten. Ik wilde met je praten en het lot heeft gedaan wat het wil om het te laten gebeuren. Agnes zal u informeren zoals zij dat het beste vindt.

Ze nodigde Foot uit om te gaan zitten, en toen zei ze:

'Omdat ik denk dat ik bij het begin moet beginnen, voordat je beseft waarom, luister.

Hij vertelde grofweg de incidenten die Fred de afgelopen dagen had veroorzaakt, de bittere ruzie die ze hadden op de dag dat hij hem uit de tent schopte, en hoe hij de opvliegende Fred had gedreigd zijn baas alles te vertellen.

'Waarom heb je het niet eerder gedaan, Agnes? Voet onderbroken. Ik zou hem gedwongen hebben om...

"Ik dacht niet dat het nodig was," antwoordde Agnes, "omdat hij mijn etablissement niet meer bezocht, maar vanavond kwam hij dronken en in de stemming voor een gevecht. Profiteren van het feit dat hij klaar was met de dans op de tabladillo , vroeg deze cliënt Betty ten dans, en Fred, gek als een kat, dorstig, dreigde haar te vermoorden als hij haar weer met iemand zou zien dansen.

Je bent een man en je zou niet toestaan dat een vrouw zich uit je armen losmaakt vanwege de dreiging van een andere man. Dat is wat Stuart deed; verpest het niet en vraag Fred of hij op hem had gerekend voor de zaak. Fred's antwoord was om met de revolver te schieten, maar de alcohol moet lood in zijn handen hebben gebracht, want hij was te langzaam om te vuren. Toen hij het wilde proberen, had hij een ons lood in zijn buik. Je hebt zijn lijk in een kamer.

Voet sprong als een veer, brullend:

'Wat zeg je? Wat... heeft... Fred vermoord? Wat heeft hem gedood door hem het pistool te laten trekken?

'Hieronder heb je honderd getuigen van het duel. Je kunt het ze gaan vragen.

Voet was verbijsterd. Hij kende zijn tweede goed genoeg om hem als een van de snelste en veiligste mannen met een veulen in de hand te beschouwen.

Stuart, die ook overeind was gekomen, staarde hem tussen nors en spottend in, zonder zijn ogen van de kilheid van de scherpschutter af te wenden. Hij probeerde van tevoren zijn reactie te lezen op wat er zou kunnen gebeuren, maar na die seconden van explosie onthulde Foot's blik niets van wat hij beweerde te weten.

Voet eindigde met de vermelding:

"Ik vind het moeilijk te geloven dat dit zo had kunnen gebeuren.

Stuart antwoordde droog:

'U bedriegt een dame, die ook uw vriendin is, en ik vind u niet erg galant, meneer Foot. Ik deed het zoals ze je zeggen en wanneer ik maar wil, zou ik het opnieuw herhalen.

Voet, in een vlaag van woede, hief zijn hand snel op naar zijn middel, terwijl hij schreeuwde:

"Bewijs het maar.

Maar voordat zijn revolver helemaal uit zijn holster was, zakte de zwarte loop van Stuarts geweer in zijn borst en leunde er sinister tegenaan:

'Ik zou het je kunnen bewijzen, zoals je ziet; maar ik wil niet, tenzij ik blijf aandringen op die houding.

De beroemde schutter sperde zijn ogen wijd open en stond gespannen met zijn arm half gebogen. Geen enkele spier in zijn gezicht veranderde, en terwijl Stuart in die dreigende houding verderging, vroeg hij:

Wat verwacht je?

Mijn bewijs was alleen theoretisch. Ik heb op dit moment niets tegen je en... ik ben niet geïnteresseerd in je leven, ook al weet ik dat je me zou hebben neergeschoten als je sneller was dan ik.

Foot trok zijn hand van het pistool en stopte het terug in de holster, en Stuart volgde zijn voorbeeld.

Agnes' opgemaakte gezicht was geen moment samengetrokken tijdens de pijnlijke momenten van dat dramatische tafereel. Ze was er bijna zeker van dat een van hen zou vallen, en toch bleef ze onbewogen. Ondanks zichzelf hadden Stuarts kalmte, koelbloedigheid en vaardigheid in het trekken van zijn wapen indruk op hem gemaakt.

'Kom op, Voet,' zei hij glimlachend terwijl hij zijn slanke hand op de schouder van de schutter legde. "Het zou me grote ergernis hebben bezorgd om een van jullie te zien vallen. Je bent te onstuimig en ik heb je niet geroepen om deze scènes hier te doen of om anderen te dwingen ze te doen. Het was mijn plicht om je getrouw te informeren over wat er is gebeurd en of je had gezond verstand, je zou toegeven dat het Freds fout was, omdat je hem goed kende.

Foot nam de fles whisky met een kalme hartslag aan, vulde zijn glas en dronk het leeg. Dan zei hij:

'Ik denk dat je gelijk hebt, Agnes. Ik ben stom geweest om op mijn zenuwen te werken over iets dat het niet verdiende. Degene die verdiende dat deze man me neerschoot, ben ik.

"Waarom zou hij?

'Nou... want als je niet zo snel en voor me was geweest, had ik geschoten. Je hebt me schade toegebracht die je niet kunt inschatten.

Stuart, cynisch glimlachend, verklaarde:

'Ik mag je om je eerlijkheid, maar ik koester geen wrok tegen je. Hij wist dat dit zijn reactie zou zijn en hij was bereid het te vermijden. Wat betreft de schade, misschien kunnen we het repareren.

"Hoe?

"Er is een gezegde dat luidt: 'Een dode koning, stel koning.' Waarom kan ik Fred niet in je bemanning vervangen?

"Jij? Wie ben jij om dat na te streven?

"De hel! Ik heb je mijn naam al verteld, je hebt de rest gezien, en als er iets ontbreekt, zal ik eraan toevoegen dat mijn staat van dienst in de wereld geen afbreuk mag doen aan die van jou. Dit zegt natuurlijk niets, want het gaat erom te laten zien dat het gebruikt wordt of niet waarvoor het bedoeld is.

'Je lijkt me te ambitieus,' wierp Foot tegen.

"Geloof het niet, in dit geval is mijn ambitie minimaal. Als ik mezelf als ambitieus zou beschouwen als u over mij oordeelt, zou ik niet streven naar de positie van Fred, maar hem in zijn activiteiten vervangen, en zonder ijdelheid kan ik bevestigen dat ik nooit heb gefaald om te bereiken wat ik heb voorgesteld.

"Soms faal je in het leven.

'Dat kan iedereen overkomen... zelfs jou.

"Tot nu toe heb ik niet gefaald.

"Ik ook niet, maar ik denk dat deze discussie nutteloos is. Ik heb een voorstel gedaan en jij moet beslissen. Het is duidelijk dat als ik zijn tweede doodde, dat was omdat hij het wilde en omdat hij een arme duivel naast me was. Als dit je iets zegt, houd er dan rekening mee, en zo niet, zeg het dan zodat ik mijn eigen compositie voor mezelf kan maken.

Voet dacht na. Freds dood vormde een probleem voor hem, want hij was een waardevolle man voor hem. Dood, hij moest hem vervangen, maar wat zouden de anderen zeggen? Sommigen zouden zichzelf waardig vinden om hem te vervangen. Ondanks alles vermoedde hij in Stuart een zeer gevaarlijke mogelijke vijand, en als hij hem kort bond en hem binnen handbereik had, kon hij hem beter beheersen dan vrij.

Eindelijk was het besloten.

"Het is iets waar ik op dit moment geen antwoord op kan geven. Het is waar dat ik de baas ben en mijn mannen mijn wil opleg, maar het zou een schisma zaaien als ik een vreemdeling zou opleggen zonder hen op zijn minst te waarschuwen en hen te laten inzien dat het voor iedereen gemakkelijk kan zijn. Toch verwacht ik niet dat de oppositie zal ophouden te bestaan.

"Ik ben wat mij betreft niet geïnteresseerd in die oppositie. Als iemand zich ergens tegen moet verzetten, laat ze het me dan vertellen en zich tegen me verzetten. Dat regelen we tussen ons tweeën.

'Te veel vertrouwen in jezelf, vreemdeling. Dat kan je verliezen.

"Als dat gebeurt, zal ik volhouden. Jij beslist en de rest maakt me weinig uit.

'Oké, kom morgenavond hier terug en ik zal antwoorden.

'Morgen zal hij me hier hebben om het antwoord te vinden.

Foot wendde zich tot Agnes, die niet bij het gesprek betrokken was, en keek haar aandachtig aan. Ze glimlachte geamuseerd, en diep van binnen was ze dat ook. Hij had in Stuart een man gevonden als geen ander die hij tot dan toe had gekend.

Eindelijk zei hij:

"Nou, Agnes, dit was een beetje theatraal, het was nog nooit eerder gebeurd; we zullen zien hoe het afloopt. Dan stuur ik Freds lichaam om mijn mannen te begraven. Hij heeft me tenslotte loyaal gediend.

'Klinkt goed voor mij, Voet. Voor de rest zal ik vieren dat je vast zit en dat je geluk hebt.

Hij wuifde gedag en verliet de kamers van "California Beauty", door Stuart met een raadselachtige glimlach weggestuurd. Hij was er zeker van dat hij een beslissende slag voor hem had gewonnen. Foot zou erover nadenken, en als een minder kwaad, zou hij hem uiteindelijk in zijn band accepteren. Dan... zou de duivel het laatste woord hebben.

HOOFDSTUK VI

HOE DE GROTE NACHT EINDIGDE

Zodra hij zijn hol bereikte, stuurde Foot een van de mannen die zijn persoonlijke wacht vormden eropuit om zijn bendeleden te vinden en hem te ontmoeten. Ze moesten allemaal om het terrein van hun demarcatie lopen en het zou niet moeilijk zijn om ze te lokaliseren.

En zo werden rond twee uur 's nachts zestien geharde en gevaarlijke mannen, voor wie leven of dood slechts een ongeluk was tussen de velen van hun lange carrière van ongewensten, herenigd met Foot, overmand door nieuwsgierigheid om het object van die vroegtijdige telefoongesprek. Freds dood was geen mysterie meer voor hen, want het gerucht had zich door het onderwerelddistrict verspreid en iedereen dacht dat de oproep zou zijn om hen een officieel verslag van de gebeurtenis te geven, en wat logisch was, ook om een vervanger te noemen.

Tweede worden in Foot's band "en in elke andere" was een stevige stap om op elk moment van commotie zijn positie te kunnen bezetten als de baas, die niet onkwetsbaar was omdat hij dat was, in de strijd zou vallen zoals zoveel anderen waren gevallen en moest deze vervangen.

Misschien was Adair Jessup degene met de meeste hoop op promotie, Fred die weg was. Hij werd beschouwd als een van de meest gedurfde, angstaanjagende en egoïstische van de bende, en daarom, zodra hij hoorde van de verdwijning van zijn rivaal, was hij van mening dat hij degene was die het meeste recht had om hem te vervangen.

Dus toen Foot hen verslag deed van het evenement en hoe het zich had ontwikkeld, vroeg Jessup:

'Wat dacht je te doen met de man die je naar de hel stuurde, baas?

"Waar heb je het over?

'Alleen als hij van plan is Freds dood te verlaten zonder wraak te nemen.

Voet keek hem koel aan en antwoordde:

'Ik hoef niemands dood te wreken als een man als Fred die stom zoekt en voor de gek wordt gehouden. Mijn mannen kunnen in een gevecht "van mij" vallen en vallen voor elke omstandigheid; Dus ze hebben me aan hun zijde voor dat en wat nodig is, maar als iemand, van man tot man, opschept over bravo en het dan niet laat zien en valt, dient het me niet. Is dit duidelijk?

Nou ja, misschien wel. Maar als Fred dronken was, was het niet moeilijk om snel met hem te pronken.

"Wie het ook deed, zou Fred dronken en niet drinkend naar de hel hebben gestuurd. Ik weet wat voor soort man hij is.

"Ken je hem?

"Ik kende hem niet, maar het kostte me een zeer korte tijd om hem te leren kennen. Toen ik je binnenliet, Jessup, kende ik je niet, maar ik had geen ongelijk om je te beoordelen. Hetzelfde gebeurt met die man.

"Vervolgens...

'Dus ik heb iets besloten en daarvoor heb ik jullie bij elkaar gebracht. De man is iets speciaals, een bende die net zo stoer is als de onze waardig, en sinds hij naar San Francisco is gekomen om zichzelf bekend te maken en geld te verdienen, heb ik besloten hem niet te laten rondzwerven voor zijn respect en hem aan mijn zijde te hebben. Ik zou niet willen dat een nieuwe Fritt opduikt om het nu rustige leven dat we leiden te verstoren, en voordat hij naar de andere kant gaat of zijn hoofd op eigen kracht opheft, ben ik bij hem gebleven.

Jessup, die zich niet openlijk wilde verzetten tegen de beslissingen van zijn baas, riep uit:

"Nou, ik denk dat het geen slecht idee is. Als we een verlies hebben gehad, moet iemand het dekken, en als de man het verdient, is die net zo goed als de andere; Heb je hem al aangenomen?

"Ja.

"Gaat het?

"Ja, het leek hem goed zolang ik hem de functie gaf die Fred bekleedde, en het leek mij dat het voor hem werkte. Zijn er mensen die niet tevreden zijn?

Ze keken elkaar allemaal verbaasd aan. Ze accepteerden niet dat hij besloot hem die vertrouwenspositie te geven, terwijl hij onder zijn mannen velen had die in staat waren de doden te leveren.

"Ik ben niet tevreden" durfde Jessup te verkondigen toen hij zag dat geen van zijn metgezellen hun stem durfde te verheffen.

"Waarom?

"Omdat wat hij kan, ik kan, en niet alleen ik, maar al mijn teamgenoten.

'Zelfs hem confronteren?

'Dat vraag je je niet eens af.

"Mee eens. Omdat ik vastbesloten ben hem toe te laten, wil ik het niet doen zonder anderen dezelfde mogelijkheden als hij te geven. Als je bereid bent om de positie te betwisten, zal het voor jou zijn als je hem wint. Zoals die man is veel waard en ik minacht hem niet, onderdrukt hem niet en trek hem niet aan mijn zijde, maar omdat het het waard is en het mij zeer kan helpen, ben ik niet bereid het op enigerlei wijze te onderdrukken.

Wie niet tevreden is, zal hem van aangezicht tot aangezicht naar de hel moeten sturen om te laten zien dat hij superieur is aan hem, en als hij erin slaagt hem in het stof te laten bijten, zal ik me nergens tegen verzetten, maar als hij faalt, zal hij uiteindelijk overtuigen me dat hij meer waard was dan Fred en dat iedereen die zijn standpunt probeert te betwisten. Jij bent de eerste die het probeert, en als iemand anders denkt zoals jij, zal je volgen in de test als je valt, maar als je wint, word je tweede in de ploeg. Wij zijn het eens?

Er waren nieuwe blikken van de schutters. Fred was een goede revolver en als die dood was, kon Jessup als de beste worden beschouwd. Als hij niet diende om de indringer te elimineren, beschouwde niemand zichzelf zo snel als Jessup.

Eindelijk kwam er een naar voren om te antwoorden:

'Waarom nog meer testen, baas? We zijn er allemaal zeker van dat Jessup het heel goed zal weten. Als je het probeert, is dat genoeg.

"Voldoet. Hoe dan ook, ik ben niet zo dom dat ik je een voor een liet proberen en dat je op een domme manier viel. Ik beschouw jullie allemaal als bekwaam met het veulen in de hand, en als die vreemdeling eerst de leiding neemt , hij zal beter zijn dan de rest voor mij. Ik wil het je niet grillig opdringen, maar met redenen van ... lood. Als Jessup valt, zul je hem als mijn rechterarm accepteren en ik zal er geen tolereren Ik weet dat het een zeer waardevol element zal zijn als, om welke reden dan ook, de strijd wordt hervat en we weer als wilde beesten moeten vechten.

"Wanneer gaan we die tijger meten? vroeg Jessup spottend.

'Morgenavond heb ik afgesproken hem te zien en hem het antwoord te geven. Ik ontmoet je op dezelfde plek en we spreken de plaats en tijd van de ontmoeting af. Dit is alles wat ik je te vertellen had.

'Nou, als je er geen spijt van hebt... Nadat ik met hem heb gesproken, zien we elkaar.

"Ik hoop dat jullie er allebei geen spijt van krijgen", was Foots antwoord.

De bende verliet hun hol om zich door het dorp te verspreiden. Ze vormden kleine groepjes en kozen elk de gokhal waar ze de rest van de nacht zouden afsluiten en indrukken over de vreemde gebeurtenis uitwisselden.

Jessup, met twee van zijn beste vrienden van de bende, bereikte de straat van San Francisco en besprak bitter de gebeurtenis. De schutter, opgewonden, stemde er niet mee in om zoveel uren te wachten omdat hij boos was over het uitstel dat hij niet verdiende. Hij was een van de oudste mannen in de bende, die in ernstig gevaar was geweest om Foot te helpen, en nu had hij een diepe minachting voor een leider die hij te wispelturig en te beïnvloedbaar vond.

Woedend stopte hij met commentaar geven:

"Dat is een bitch van Foot, vind je niet?

"Het geeft onszelf in ieder geval weinig belang. Ik ken wat revolverfreaks en ik denk niet dat die kerel superieur is aan hen. We zijn niet kreupel.

'Nee, natuurlijk niet,' schreeuwde Jessup, 'we hebben ook geen lood in onze handen en ik vraag me af waarom we tot morgen moeten wachten om deze kwestie op te lossen. Als hij, zoals Foot heeft gezegd, bij Agnes is , door er heen te gaan en hem te doden, kan de zaak worden opgelost zonder al die stomme tijd te verspillen. Het dilemma is bij hem of hem onderdrukken, want hij wordt onderdrukt en in vrede.

"Ja, maar je hebt hem ook duidelijk horen zeggen dat wie het ook doet, het persoonlijk moet doen. Laten we het niet nog ingewikkelder maken door het onkruid te zaaien, want als hij erachter zou komen dat we hem tussen ons drieën onderdrukten, zal hij denken dat we bang voor hem zijn geweest en dat hij het zonder ons kan. De dingen zijn niet om als zelfstandige te werken en Fritt zou veel lachen om het schisma en zelfs profiteren van de verdeeldheid.

Jessup brulde buiten zichzelf;

'Ik heb je helemaal niet nodig. Om hem naar de hel te sturen als we hem daar vinden, ben ik genoeg.

"Dat is prima" antwoordde zijn partner "; maar kijk goed hoe je het doet. Agnes zal de baas informeren hoe de ontmoeting zal verlopen, en als hij niet tevreden is met hoe je je gedraagt, heb je er niets mee gewonnen.

'Ja, ja, ik begrijp je. Ik moet naar binnen gaan, hem vragen, hem vertellen wie ik ben, hem waarschuwen dat ik hem ga vermoorden en hem vragen vijf keer te schieten voordat ik het pistool trek, zodat niemand zal zeggen dat ik hem niet de initiatief toch?

'Overdrijf niet, Jessup,' antwoordde een van zijn metgezellen. Onthoud dat Fred minder sprak en deed alsof hij meer deed, en je zag het. Zolang niemand je beschuldigt dat je zonder waarschuwing hebt geschoten, heb je genoeg.

'Nou, volg mij. Ik ben op zoek naar hem, en als ik hem vind, zul je getuige zijn van hoe het gevecht zich zal ontvouwen. Ik ben niet half dronken zoals Fred was toen hij die onzin deed.

De twee ongewensten haalden hun schouders op en volgden hem. Ze konden niet ontkennen dat het hun genoegen was voor Jessup om zichzelf sneller en veiliger te bewijzen dan Fred, en dus meer dan de vreemdeling, maar als hij faalde, was geen van beiden bereid in te grijpen in strijd met bevelen.

* * *

Stuart, schijnbaar niet gehaast, was in Agnes' kamers gebleven. Toen Foot verdwenen was, ging hij weer zitten, vulde een van de glazen met whisky en ging weer in de leunstoel zitten.

Agnes merkte met een speciale glimlach op:

'Je bent niet erg dapper, Stuart, ik drink ook.

'O, neem me niet kwalijk. Ik dacht dat de schrik nog niet voorbij was en dat haar mooie keel er niets door zou toegeven.

'Wie heeft je in godsnaam verteld dat ik bang was?

"Het was niet zo? Excuseer me dan; het blijkt dat je meer lef hebt dan ik had verwacht. Of denk je niet dat ik op het punt stond die kerel te vermoorden?

"Natuurlijk heb ik het niet geloofd.

"Waarom?

"Nou, omdat hij je zo ijdel oordeelde, dat je niet het minste voordeel in jouw voordeel kunt benutten, zodat niemand je verkeerd interpreteert, en deze keer heb je zelf bekend dat je alle voordelen in je voordeel had.

Stuart lachte geamuseerd en verklaarde:

'Jij wint, Agnes. Je bent een vrouw met een prachtige intuïtie. Dat was het ook, maar die pad vertrouwt niet te veel omdat ik een man van maniakken ben. Als hij zijn geluk herhaalde, zou hij het hem niet nog een keer laten trekken. Wat vermoed je dat je kunt beslissen?

"Nou... dat zal je bijblijven.

Zelfs als je mannen er tegen zijn?

"Toch. Hij heeft de maatregel goed genomen en weet hoeveel je voor hem waard kunt zijn. Je zult een manier vinden om ze te overtuigen als ze protesteren.

'Ik weet het niet zo zeker. Als er sterke tegenstand is, kunt u het aan uw mannen overlaten om de zaak eenvoudiger te beslissen.

"Hoe? Ik begrijp je niet.

"De onwetenden spelen als sommigen of sommigen de concurrentie proberen te onderdrukken. Ik ken mijn mensen om de voet die kan mankeren goed te kennen.

'Ik ook, en ik weet dat Foot net zo stompzinnig ijdel is als jij. Ik zou ze niet autoriseren uit trots om te voorkomen dat iemand je een "lafaard" noemt door je te onderdrukken omdat je niet opkomt tegen jou of je mannen.

"Ze kunnen het doen zonder uw toestemming.

'Ik durf geen nee te zeggen, maar in afwachting ben jij het die jezelf moet bewaken totdat je het antwoord van Foot ontvangt.

'Hoe ga ik mezelf redden als ik er geen ken? Ik blijf hier tot de winkel sluit.

Ze corrigeerde de claim.

'Niet hier precies. Niet dat ik om uw aanwezigheid geef, maar ik wil niet dat iemand mijn gastvrijheid aan u verkeerd interpreteert. Er zijn velen die iets van mij ambiëren, en als ik ergens talent voor heb getoond, is dat door iedereen zo te behandelen dat niemand gelooft dat hij of zij meer recht heeft dan een ander, of meer uitgesteld dan anderen. Foot zelf is om wat voor reden dan ook serieus verliefd op mij en is er niet in geslaagd om mij hem beter of slechter te laten behandelen dan anderen op dit gebied. Ik doe het heel goed op deze manier en ik vermijd complicaties en verantwoordelijkheden.

"Ik wil het begrijpen. Dat heet flirten.

Praktisch flirten zo je wilt.

'En ik vind dat je het goed doet. Elk wordt beheerd zoals u dat wilt. Ik moet bekennen dat als ik je behandel, ik meer van je hou.

'Vlei me niet, ik ga flauwvallen. Degene die je leuk vindt is Betty.

"Ik heb een hart dat in staat is om een paar kleinere toe te laten dan het mijne.

'Maar de mijne is te groot om in zo'n kooi vol rare beats te passen. Ik zou geen vervelende wrijving toegeven.

"Nou, laten we het maar niet meer hebben over die kwestie, die hem niet lijkt te behagen. Hoe gaat het met Betty?

'Ik denk dat als je haar vanavond laat rusten, ze veel zal winnen. Ik denk dat je niet de oren hebt om met sereniteit naar je vrijen te luisteren.

"Van mijn kant, rust even uit. Beneden zijn hele mooie meisjes met wie ik graag de tijd kan doden... Wil je met me proosten? Omdat je me eerder hebt gebeld om te bestellen, zal ik mijn onbeschoftheid rechtzetten.

Stuart vulde hun glazen door hem er een aan te bieden. Toen kwam het glas in botsing.

'Voor de meest suggestieve en slimme vrouw die ik ooit in het hele Westen heb ontmoet,' zei Stuart.

'Voor de enige man in wie ik ooit iets zou kunnen schelen als hij tot zoiets in staat was,' antwoordde Agnes.

"Bedankt. Dat maakt me trotser dan alles wat Foot te bieden heeft.

"Je bent er goed in. Want als je je vleugels te hoog opheft, is hij een goede jager en kan hij je een ons lood erin aanbieden. Blijf niet drinken voor het geval dat.

"Bedankt voor het advies, dat ik zal proberen op te volgen… Ah, een pleidooi! Als je iets vreemds waarneemt, laat het me dan zo snel mogelijk weten, al is het door me een kus te sturen met de toppen van je fijne vingers die eruitzien als tien fijne vlinders met roze vleugels. Ik weet ze niet allemaal, totdat Foot besluit me officieel aan zijn mannen voor te stellen.

'Nou, ik zal oppassen.

Ze daalden af naar de woonkamer. Deze, vol met publiek, bevond zich midden in de maalstroom. Het roulettewiel was in volle gang en er was een spannend faraospel opgezet, waarbij de klanten uitkeken naar de spannende spelen. Misschien om deze reden bleef Stuarts nieuwe aanwezigheid bijna onopgemerkt, en weinigen merkten het paar op toen ze de weelderige trap afdaalden.

Toen ze de salon bereikten, keek Stuart om zich heen en merkte dat de meisjes allemaal verloofd waren met verschillende klanten, hij veranderde van gedachten en besloot roulette te proberen. Die nacht beschouwde hij zichzelf als een man van fortuin en wilde hij zien hoe ver het zou gaan.

Staande achter de punten die de stoelen bezetten, begon hij de chips te plaatsen die hij had ingewisseld. Fortune, zoals hij vertrouwde, begon naar hem te glimlachen en een half uur later verdiende hij een paar honderd dollar.

Agnes, belegerd door een paar goede klanten, ging met hen aan tafel zitten die ze altijd voor haar gebruik had gereserveerd. Het was een prachtig observatorium om de draaideur in de gaten te houden en iedereen te controleren die de gokhal binnenkwam of verliet.

Tot ongeveer een uur 's nachts kregen zijn ogen een bijzondere fonkeling toen hij drie achterblijvers ontdekte die net waren binnengekomen. Het waren Jessup en zijn twee metgezellen, en aan de manier waarop ze de kamer rondkeken, vooral de eerste, vermoedde hij dat hun aanwezigheid daar niet toevallig was, maar dat ze met een vooropgezet doel kwamen.

Toestemming vragend aan zijn metgezellen stond hij op en haastte zich tussen de tafels door om aan de kant van de avonturier te komen, zeer vermaakt in het volgen van de grillige wendingen van de ivoren bal. Ze stootte hem aan op de elleboog en mompelde:

'Stuart, stop met spelen en houd die drie jongens in de gaten die bij de deur staan. Ze behoren tot de bende van Foot en ik kan mezelf niet vertellen of hun bezoek per ongeluk is of met voorbedachten rade.

"Bedankt. Mijn hart vertelde me dat zoiets zou kunnen gebeuren. Maak je geen zorgen, ze zullen me niet verrassen.

"Wees vooral voorzichtig met de langste in het midden van de groep. Zijn naam is Jessup en hij is een van de gevaarlijkste en gewetenloze mannen van de hele bende.

Ze liep nonchalant om de tafel alsof ze geïnteresseerd was om de gebeurtenissen van het spel in de gaten te houden, en toen ze het spel verliet, begon ze naar de deur te lopen alsof ze de aanwezigheid van de drie ongewensten niet had opgemerkt.

Op dat moment scheidden Jessup's twee metgezellen van hem en namen plaats aan een tafel die net was vrijgekomen, terwijl Jessup, staande, met zijn grijze en boze ogen door de kamer dwaalde, alsof hij in zijn eentje probeerde te ontdekken wie hij was en waar was degene die hij zocht.

Agnes, glimlachend en sereen, liep, na het bericht aan de vreemdeling te hebben gegeven, naar Jessup toe en, hem aanstarend, vroeg:

"Hallo Jessup, wat doe je daar in paniek? Kun je geen stoel vinden waar je je op je gemak kunt voelen?

'Interesseert dat je erg, Agnes?

'Nee, maar ik denk dat als je in je bed lag, je veel beter zou zijn dan hier. De kou die vanavond waait is erg gevaarlijk voor bepaalde temperamenten zoals die van jou.

'Mijn botten zijn erg taai tegen dat soort temperaturen, Agnes, dat moet je weten. Zelfs lood dat met een verraderlijke hand wordt behandeld, kan me niet afmaken zoals bij Fred.

'Afhankelijk van waar je vandaan blaast en hoe je blaast, Jessup. Je vergeet dat mannen zo koppig als jij, beter dan jij, met een geweer in de hand en met meer kartels van misdadigers zachtjes op onze begraafplaats liggen, inclusief Fred.

"Fred was dom en dronken. Ik ben slimmer en heb niet gedronken.

'Ik was niet dronken Jessup, dat kan ik je verzekeren, want ik heb het gecontroleerd. Je kunt beter naar huis gaan of andere, vrolijkere plekken bezoeken. Ik dacht niet dat

Foot in staat was dingen te verzinnen die hem in diskrediet zouden brengen in de ogen van de mensen.

De schutter stak zijn haren uit en antwoordde:

"To hell Foot! Het heeft hier niets mee te maken, dat is mijn persoonlijke zaak. Iemand heeft Fred vermoord, die mijn vriend was, en ik wil weten waar hij is en of hij hetzelfde bij mij kan doen.

"Is het genoeg voor jou dat ik je verzeker dat ik hetzelfde zou doen? Je weet al dat ik mannen goed ken en ik weet wat ze bijna allemaal van zichzelf kunnen geven. Toen ik zag hoe "je vriend" viel, kan je verzekeren. Ik wist niet dat je zoveel liefde voor hem had nu hij je niet langer kan overschaduwen

Jessup, geïrriteerd door de doordringende ironie van Agnes, die hij haatte vanwege haar hooghartigheid en agressiviteit, gromde:

'Waar heb je het over, opnieuw geverfde papegaai? Ga uit de weg van mannen en blijf uit hun spullen. Je misleidt Foot, en als ik Fred's standpunt inneem, denk ik dat er een einde komt aan het feit dat jij de enige bent die niet handelt zoals de anderen.

Agnes, woedend, antwoordde:

'Als ik een man was, zou ik je een klap hebben gegeven of een ons lood in je mond hebben gestopt om een einde te maken aan je opscheperij. Als Foot de slechte smaak en tact had om jou zijn tweede te noemen, zou hij hem en jou verbieden hier binnen te komen, en hij zou geen cent betalen. Om mezelf en mijn bedrijf te verdedigen heb ik genoeg en ben ik genoeg. Of denk je dat ik onbewaakt wacht tot een man als jij me komt bedreigen?

"Gooi geen uitdagingen, want ik geef ze niet toe, verdomme je oude botten" brulde Jessup geërgerd. Ik ben gekomen om die kerel te vermoorden om Fred later te vervangen, en als ik hem naar de hel heb gestuurd, zullen we zien of Foot dom blijft en je niet dwingt om bij te dragen. Je krijgt veel problemen met ons allemaal als je dat niet doet.

'Ik ben bang dat hij er geen heeft, als jij degene moet zijn die het ze vraagt. Hoe wil je hem van achteren doden als hij slaapt, of wil je dat hij vastgebonden wordt zodat hij je niet bang maakt als je tekent?

"Ik met die? Ik ben te veel een man om hem persoonlijk en zonder voordeel kwijt te raken.

"En die twee die je vergezellen, wat gaan ze doen?

"Ze hebben niets met deze zaak te maken. Ze zullen hoe dan ook slechts toeschouwers zijn, want ik heb ze uitgenodigd om getuige te zijn van het duel.

'Ik ken je niet, Jessup. Ben je echt bereid om je als een man te gedragen?

'Laat die vent uit het gat komen waar hij zich verstopt en zijn gezicht laten zien. Dan laat ik het je zien.

Op dat moment zei Stuart, die naar voren was gekomen om met zijn rug tegen een van de centrale kolommen te staan en zijn sigaret aan zijn lip bungelend, met een ijzig accent:

'Ga weg, Agnes, niets gaat met je mee. Ik heb genoeg bravoure en onzin gehoord om me te vervelen. Ik wacht op je, Jessup.

Hij zei het luid en met een kwetsend accent. De klanten die hem hoorden, draaiden hun hoofd gespannen en tientallen paar ogen waren op het paar gericht.

Stuart, lichtjes op zijn ruggengraat geleund, leunde met zijn linkerarm ertegenaan, zijn sigaret uitgestoten op zijn dunne, spottende lippen, zijn rechterarm slap langs zijn lichaam. Zijn ogen bezaten een vreemd licht van spot en amusement, en zijn kwaadaardige lichtjes veroorzaakten in Jessup een onbeheersbaar ongemak en woede, omdat hij in zijn lange ervaring als schutter veel ogen had overwogen en nauwkeurig onderzocht als het erop aankwam zichzelf te verdedigen en hij kende die die kwaadaardig en spottend waren. ze maakten hun eigenaren angstaanjagender.

Dat moment van aarzeling leek een laat teken van spijt, zoiets als een stem die hem waarschuwde dat hij iemand had overschat die hij van tevoren niet kende en dat het maar beter was om afstand te nemen.

Maar daarvoor was het te laat. Niets vernederends voor hem dan een intrekking waar zoveel mensen bij waren, terwijl zijn mond een stortvloed van bedreigingen en dwaze vermoedens was geweest.

Hij moest het type vasthouden en er was geen andere oplossing. Hij wist dat zijn vijand wachtte op de geringste beweging van hem om hem te imiteren en hij vroeg zich af of hij echt sneller kon zijn dan hij om het veulen te trekken. Het waren korte seconden dat hij aarzelde, hoewel het voor hem een eeuw leek vanwege de veelheid aan reflecties die in zo'n korte tijd hadden plaatsgevonden. Hij moest deze dramatische situatie voor eens en voor altijd oplossen, en uiteindelijk nam hij een besluit.

Zijn arm boog snel naar zijn middel en zijn vingers haakten aan de kolf van het wapen. Ze wist dat ze, eenmaal gevangengenomen, er soepel uit zou komen en dat er niemand meer zou zijn die haar dodelijke gevolgen zou kunnen vermijden.

Hij deed het met duizelingwekkende snelheid, hoewel het hem toescheen dat het hem eindeloze minuten had gekost om het te doen, maar toen hij de vrije beweging van haar hand voelde, ademde hij in woeste vreugde en boog zijn arm opnieuw om te vuren.

Alles ging zo snel als zijn eigen gedachte, die de prestatie van zijn arm periode na periode leek te volgen, en toch bereikte het niets. Toen het pistool recht ging om te vuren, voelde hij zijn arm trillen alsof er een gat in was gesprongen, en de hand leek onverwachts in een gloeiend hete vuurpot te zijn gedrongen. Hij hoorde een explosie, maar met verre trillingen, en toen nog een. Deze keer om in zijn maag te voelen alsof een vurige pijl doorgedrongen was tot hij zijn ruggengraat doorboorde.

En het viel als een massa na enkele seconden wonderbaarlijk rechtop te hebben gestaan, terwijl het grotesk heen en weer zwaaide voordat het viel.

Deze keer waren er geen geschreeuw van de klanten, geen gemompel of commentaar. Alleen een gekwelde en plechtige stilte, iets dat de kelen greep en koude rillingen door het merg deed stromen, want iedereen had gezien hoe de vreemde vreemdeling zichzelf gevaarlijk had herschapen door zijn vijand toe te staan zijn hand naar zijn zijde te steken voordat hij enige beweging begon.

En toch was het sneller geweest. Zijn eerste projectiel was, ongetwijfeld uit voorzorg, op de hand van zijn tegenstander gericht, waardoor deze werd vernietigd en onbruikbaar werd voor agressie, aangezien de revolver in de lucht werd geprojecteerd en de tweede hem op zijn maag richtte. Dodelijk schot en hij kon zeker niet ontsnappen.

Maar Stuart hield zich niet vast. Hij stond met het gespannen veulen te wachten op de reactie van de twee metgezellen van de dode man, maar zij, met hun handen op het tafelblad rustend en enigszins bleek van emotie, durfden geen beweging te maken.

Agnes wendde zich tot hen om te vragen:

'Wat zijn jullie nu van plan te doen?

Een van hen antwoordde:

'Ga aan de baas rapporteren wat er is gebeurd. We kwamen alleen omdat Jessup ons daartoe dwong. Foot heeft hierin niet ingegrepen, want hij zei hem te wachten tot morgen, dat hij het duel loyaal zou regelen. Jessup wilde Fred vervangen en liet hem niet als tweede toe.

'Nou, ga je gang en vertel hem wat er is gebeurd. Het is beter voor iedereen.

En de twee gewapende mannen verlieten het pand dat werd bewaakt door "the Californian Beauty" en door Stuart, die hen niet uit het oog verloor totdat hij hen zag vertrekken.

HOOFDSTUK VII

EEN GEVAARLIJKE VROUW

Agnes was niet bereid toe te staan dat haar huis de voorkamer of opslagruimte van de begraafplaats werd, dus beval ze haar mannen Jessup's lichaam mee te nemen en het van het terrein te verwijderen. Hij had Freds lichaam al vastgehouden uit overweging voor zijn vriend Foot, maar de zaak kon niet worden herhaald. Het was voldoende dat deze en enkele andere keren de mannen door het midden van de kamer waren geschoten, waardoor het parket bevlekt was en de daaruit voortvloeiende schade was veroorzaakt.

Toen het etablissement weer werd schoongemaakt, merkte Stuart, zich de shows op die hij in de tent had gegeven:

'Ik ben bang dat ik hier niet veel zou moeten komen, Agnes. Ik veroorzaak hem wat onrust en de duivel weet heel goed dat dat niet mijn bedoeling was, noch dat ik ze voor mijn plezier heb veroorzaakt.

"Maak je geen zorgen," zei ze, sarcastisch lachend, "Scènes als deze hebben velen in dit huis ontwikkeld, net als in andere in zijn soort. Het is een eerbetoon waarvan we niet zijn vrijgesteld, hoewel ik moet toegeven dat ik dat niet had gedaan. in lange tijd iemand op de grond zien kronkelen als een hagedis, en ook had hij niet naar buskruit geroken.

Stuart, die bang was voor verdere represailles van Foot's bende, zei:

"Ik denk dat het beste wat ik kan doen is vertrekken. Ik zal voorkomen dat deze gebeurtenissen zich herhalen.

Ze pakte hem bij de schouders en zei:

'Geen haast, Stuart. Ga zitten en drink wat.

Ze nam hem mee naar haar tafel, waar ze hem liet zitten, terwijl ze hen beval hem te drinken te geven. Toen verontschuldigde hij zich even en ging naar de grond.

Het was al erg laat en het lawaai in de woonkamer zou geleidelijk minder worden. Agnes ging naar de slaapkamer, waar ze Betty had achtergelaten. Ze lag nog steeds op het bed van "California Beauty" en leek minder nerveus.

'Hoe voel je je, meisje?' vroeg Agnes.

"Goed, best goed. Ik denk dat ik in een positie ben om op te staan en terug te gaan naar...

'Onnodig. Het is te laat, Betty.

'Is er daar beneden iets gebeurd? vroeg het meisje angstig.

"Waarom vraag je dat?

"Nou... omdat ik dacht dat ik schoten hoorde en...

"Maak je geen zorgen. Het was een klein gevecht van de velen die worden uitgelokt. Ik denk dat als je fit bent, je naar huis kunt gaan. Het is al erg laat en het is het niet waard dat je een half uur naar de kamer terugkeert .

"Als je denkt dat het niet handig is...

"Ja, het is beter voor je zenuwen.

Het meisje stond op. Ze was nog steeds bleek en slap van emotie. Terwijl ze haar warrige haar fixeerde, stelde ze een vraag:

'Denkt u dat... er iets met die man zal gebeuren omdat hij heeft ingegrepen in...?

'Maak je geen zorgen over hem, Betty, en vergeet hem. Ik heb deze zaak al met Foot geregeld en er zal niets gebeuren, maar... ik denk dat het in uw belang en voor iedereen is om niet te zeer onder de indruk te zijn van deze man. Je weet dat ik voor mijn zaken niet van meisjes houd die zich zonder terughoudendheid door een man laten domineren. Afgezien van het feit dat ze afgeleid zijn en hun missie niet met vreugde en zonder sentimentele dwang vervullen, is er het nadeel van de druk die ze op je uitoefenen, je remmen en mijn bedrijf schaden.

»Ik hoop dat je beseft wat ik je adviseer, want ik waardeer je en ik zou het gevoel hebben dat ik het zonder je moest stellen zoals ik deed zonder anderen die je al kent.

Betty, stamelend, antwoordde:

"Ja, ja, mevrouw. Ik besef het en ik zal proberen haar te plezieren.

"Dat is heel vaag. Proberen is niet zeker weten of je het doet. Je moet niet onder de indruk zijn en doorgaan zoals je was. Je weet dat ik, als vrouw, weet hoe ik je goed moet behandelen en dat je nergens anders zo verwend zou worden als ik. Afgezien van het feit dat er hier geen eigenaar is die zich aan je probeert op te dringen. Zorg voor je werk als je niet dwaas van de ene naar de andere wilt rollen.

Betty had de volgorde van haar hoofdtooi een beetje veranderd en begon te vertrekken. Toen hij naar de galerij wilde gaan om naar de gokhal te gaan, kwam Agnes tussenbeide, blokkeerde zijn pad en waarschuwde:

"Nee, niet daar. Ga deze andere kant op, want ze hoeven je niet te zien. Ze kunnen maar beter blijven geloven dat je rust van de emotie.

Betty leek niet erg blij met de bestelling. Hij had Stuart graag nog eens gezien, al was het maar in het voorbijgaan, en hem bedanken voor zijn moedige tussenkomst, maar na Agnes' waarschuwingen durfde hij niet in opstand te komen.

Nederig ging hij naar buiten door de deur die via een gang in verbinding stond met de gereserveerde trap, geïsoleerd van de gokhal. Agnes, te bezorgd, vergezelde haar naar de deur en adviseerde haar:

"Stel je goed in want de nacht is te koud geworden. Als je je morgen niet lekker voelt, laat het me weten, dan kun je een paar dagen vrij nemen. Ik zal je het salaris betalen alsof je had gehandeld en met de anderen zal ik me goed kunnen redden.

"Heel erg bedankt, je bent erg aardig, maar ik voel me niet slecht. De schrik is voorbij en ik zal morgen kunnen optreden.

'Wat je maar wilt. Tot ziens, Betty.

Agnes nam de belofte dubbelzinnig aan en bleef bij de deur staan kijken terwijl ze wegliep, tot ze in de schaduw van de weg verdween. Toen ze er zeker van was dat hij nooit meer terug zou komen, ging ze weer naar haar kamers, bekeek zichzelf in de spiegel, schikte flirterig haar krullende haar, herschikte zorgvuldig haar make-up, hoewel het niet was vergaan, en ging terug de galerijtrap af naar de den.

Vanwege deze katachtige manoeuvre had Stuart niet gehoord van Betty's vertrek en hoopte hij het meisje te zien als ze wegging. Dit was de reden waarom hij de uitnodiging van Agnes aannam en ondanks het late uur bleef.

"The Californian Beauty" ging naast hem zitten en nodigde hem uit om weer te drinken. Hij ondersteunde hem door zijn glas te heffen om op hem te proosten en met vaardigheid vermaakte hij hem, terwijl de klanten beetje bij beetje marcheerden, totdat alleen de achterblijvers over waren, aan wie het nodig was te waarschuwen dat het ging sluiten.

Het was vroeg in de ochtend toen Stuart moe opstond en zei:

'Ik moet gaan, Agnes. Ik ben uitgeput.

Ze zei suggestief glimlachend:

'Ja, je ziet er een beetje moe uit, Stuart, en je moet rusten. Wacht enkele minuten.

Hij keek haar geschrokken aan. Dit plotselinge vertrouwen in hem leek hoogst verdacht en hij was op zijn hoede.

Agnes belde de manager en gaf hem het bevel om te sluiten. Toen wendde hij zich tot Stuart en smeekte:

'Wil je me even naar boven vergezellen?

Stuart aarzelde. Het voelde alsof hij met overmoed naar voren stapte en verstrikt raakte in een subtiel gaas dat hem tegenhield.

Hij stond op het punt te weigeren, maar toen hij dacht dat hij hem naar boven uitnodigde om afscheid te nemen van Betty, nam hij het aan. Hij voelde een speciale aantrekkingskracht op het meisje en zou graag willen weten of ze gekalmeerd was. Misschien wilde Agnes hem smeken haar te vergezellen, en dat zou aardig voor hem zijn.

Toen ze de kast bereikten, wees Agnes naar een fauteuil en zei:

"Ga zitten en drink wat. Dat zal je opvrolijken.

Opnieuw deed die tuteo hem slecht in het oor voelen. Hij begon ongerust te worden en besloot de stoel niet te accepteren. Hij vulde gewoon het glas en zei:

"Ik ben goed op de been. Zeg me wat je wilt, Agnes.

Ze probeerde haar woede te verbergen en vroeg:

"Hoe gewelddadig ben je naast me?" Ik denk niet dat ik iemand ben die kinderen rauw eet.

'Ik ben lang geleden van kinds af aan overleden, Agnes. Het zijn niet de tanden van vrouwen waar ik bang voor ben.

'Waar ben je dan bang voor?

"Naar zijn lippen.

"Heel dapper. Ik vond het het minst enge ding.

"Ik. Zo vaak als ik me door hen liet verleiden, zo vaak dat ik op het punt stond te mislukken. Als ik in normale tijden achterdochtig was, is dit niet mijn beste moment om de geleerde lessen te vergeten.

'Betekent dat op een slinkse manier dat je me onaantrekkelijk voor je vindt?

Hij begreep dat de vraag een verborgen dreigingsachtergrond had en vele gedachten met het oog op de toekomst kruisten zijn verbeelding. Hij had kunnen zien wat die vrouw in San Francisco woog, vooral onder de mensen van de onderwereld, en meer specifiek in de geest van Foot, en hij wilde zich niet voor haar opstellen als een vijand en een hatelijke vrouw. Ze zou hem misschien nog van pas kunnen komen, totdat ze een kracht was die bevrijd was van alle angst, en hij reageerde snel door op haar af te komen.

"Luister, Agnes; ik lieg niet tegen je als ik je vertel dat ik in jou de grootste aantrekkingskracht vind die ik bij weinig vrouwen heb gevonden. Vanaf het eerste moment heb ik geloofd dat je in die zin een uitzondering op de regel was en je hebt me aangetrokken zoals weinig anderen, maar ik zou graag willen dat je me begrijpt. Ik ken mezelf. Als mooie ogen mijn pad kruisen en ik laat me erdoor verblinden, ben ik een verloren man, tenminste totdat ik wakker word uit Ik doe niets naar rechts en ik vergeet zelfs dat er twee stappen van mij de monden van enkele veulens kunnen zijn die wachten tot ik de leiding van mijn rug wegjaag.

"Ik heb de kans gehad om je te bestuderen en ben gaan geloven dat je me gek kunt maken, wat ik nooit heb gemogen als het om vrouwen gaat, maar deze keer zegt mijn instinct me om te wachten. Ik minacht je niet, integendeel , Ik denk dat we een uitstekend stel demonen zouden zijn in deze hel vol vlammen, maar ik zou graag willen dat we het vormen als we boven zijn ketels zijn en er geen angst is dat we onszelf erin zullen verbranden.

"Ik ben gekomen met een vastberaden doel dat ik niet voor niets opgeef. Geef me de precieze tijd om San Francisco op mijn eigen manier te veroveren, en wanneer ik er de eigenaar van ben ... open je armen en sluit ze om me niet los te laten, maar laat die revolvers die nu mijn leven kunnen bedreigen wees haar bewaker. Dan zal ik het niet erg vinden om mijn ogen te sluiten en niet achterom te kijken wetende dat niets me bedreigt.

Ze luisterde gespannen naar hem en staarde hem aan. Ze had hem een vreemde man gevonden, maar hij vond het meer dan hij dacht, en in dat stille maar intense onderzoek leek hij hem tot in het diepst van zijn ziel te boren, om te weten of hij tegen hem loog of echt sprak. met grove oprechtheid.

Ten slotte antwoordde hij:

"Luister, Stuart; ik ben een vrouw die over alle menselijke passies is gevlogen, omdat ik nooit de uitzonderlijke man heb gevonden die de verborgen string van sentimentaliteit in mij zou laten trillen. Er zijn hier velen die geloven dat ze uitzonderlijk zijn omdat ze wild zijn en blinde beesten die weten hoe ze een revolver moeten hanteren en geloven dat dit de allerhoogste uitzondering is.

Nee, dat is het niet, en ik ben nooit verplaatst. De man naar wie ik heb verlangd en die ik niet kon vinden, moet andere vreemde eigenschappen hebben, die ik in een paar uur in jou heb gevonden, en jij bent degene geweest die is aangekomen toen ik het wachten moe was. Ik zou graag willen dat je je dat realiseert en oprecht met me praat en me niet bedriegt.

Ik kan veel voor en tegen je doen, maar ik ben een trouwe vriend of vijand. Ik wil dat je hetzelfde bent en weet op welk vlak we ons kunnen verenigen of vechten. Je bent op tijd en jij bent degene die moet beslissen.

Hij, onaangetast door de dreiging, antwoordde:

'Ik heb je verteld wat ik te zeggen had, Agnes. Voor nu zou ik willen dat ik geen andere complicaties had dan die de omgeving voor mij zou kunnen creëren. Laat me ze oplossen zonder mijn geest bezig te houden met dingen die me zouden afleiden. Als het allemaal voorbij is, praten we erover.

'Het geeft niet, Stuart. Ga in dat geval weg. Deze deur staat voor je open wanneer je maar wilt. Ik hoop dat ik je nooit iets anders hoef te vertellen.

'Maak je geen zorgen, lieverd, je vertelt het me niet,' zei hij.

Hij kwam naar haar toe en gaf haar een kus. Toen deed hij met een vriendelijke groet een stap achteruit en zei:

"Rust uit, Agnes, en tot morgen.

Hij vertrok via het gereserveerde deel van het gewricht. Agnes volgde hem met een heldere blik tot ze hem zag verdwijnen, toen zonk ze met een gespannen gezicht terug in de stoel.

Ze vulde hetzelfde glas waarin Stuart gedronken had met whisky en terwijl ze het in kleine slokjes leegdronk, gaf ze zich over aan een sissende monoloog, waarin ze, vrij van getuigen, al het lef en de wil waarmee ze bezeten was, legde.

"Ik vind hem leuk", zei hij, "ik vind hem leuk omdat hij niet lijkt op iemand met wie ik tot nu toe te maken heb gehad. Ik vind het leuk en ik zal niet toestaan dat iemand het van me afpakt. Ik weet niet of hij wil om me te bedriegen of oprecht is als ik praat. Hoe het ook zij, ik ben een vrouw die niet opgeeft als ze ergens naar verlangt, en als ze een spelletje met me probeerde te spelen ... zoals Agnes mijn naam is, zou ze onthoud me voor altijd. Ik ben een vrouw, maar met moed en wreedheid wint niemand me. Ik zou hem het leven zuur maken en ... ik ben zelfs in staat om hem te doden ondanks zijn beheersing van wapens. "

En met een klap het glas gooiend, ging hij naar zijn slaapkamer om te genieten van een rust die die nacht meer zou zijn dan rust, een verschrikkelijke rusteloosheid.

* * *

Toen Stuart de volgende dag wakker werd, had hij extreem veel dorst en een droog, hard gehemelte. Hij had meer gedronken dan normaal en de emoties die hij de afgelopen nacht had opgelopen, hadden hun tol geëist.

Hij beloofde de drank in de toekomst niet te misbruiken. Het was niet genoeg om zijn vermogens te zien afnemen in een tijd waarin zijn toekomst werd gegokt op een zeer besluiteloze kaart.

Het water in de koperen kan was ijskoud. De nacht was hard geweest en de vloeistof beschuldigde hem. Hij vulde het bassin en sloeg zichzelf hard. De koelte van het water herstelde een deel van zijn energie.

En met hen kwam in zijn gedachten vooral de figuur van Agnes.

Wat een vreemde vrouw! Hij "mompelde". Het zou leuk zijn als hij echt verliefd op me was! Het is een contingentie waar ik niet aan had gedacht en waarin ik nu goed moet nadenken. "

Hij had zo lang in zo'n korte tijd geleefd dat hij de waarde van die vluchtige avonturen kende, maar hij kende ook bepaalde temperamenten, te gevaarlijk om lichtzinnig te worden afgewezen als het erop aankwam de gevolgen aan te raken.

En hij was niet bereid zijn leven aan 'California Beauty' te ketenen omdat hij haar een te sterk gerecht vond voor zijn tere maag. Ze was een te wijs en eigenzinnig vrouw, die zijn frivole bestaan kon compliceren, en wat hij nu nodig had, was vrijheid van handelen, de vrijheid om naar believen te manoeuvreren en zijn ambitieuze plannen uit te voeren.

Aan deze overwegingen moesten nog andere worden toegevoegd. Hij was er zeker van dat hij zich bij Foots bende zou voegen en kon niet negeren dat Foot verliefd was op Agnes. Als ze er om wat voor reden dan ook achter zou komen dat hij haar pad had gekruist, zelfs zonder het te willen, zou het te ingewikkeld worden en dat zou een slechte dienst voor hen beiden zijn.

En ten slotte, zonder het te beseffen, herinnerde hij zich Betty. Dit was inderdaad een vrouw die hem uit eigen vrije wil aantrok en niet door het opleggen van de grillen van anderen. Ze minachtte niet dat ze op morele gronden misschien niet beter of slechter was dan Agnes, maar het was iets heel anders. Een vrouw die zichzelf zou laten domineren, maar die niet zou proberen hem te domineren als 'California Beauty'.

Hij moest standpunten verduidelijken. Als de zaak niet groter zou worden, zou hij niets hebben om zich tegen te verzetten, maar als ze uitgebreidere berekeningen had gemaakt, zou de zaak verkeerd zijn om hun relaties te harmoniseren. Hij wist wat ze kon wegen als een hatelijke vrouw en was banger voor een vrouw in zulke omstandigheden dan voor een man met een veulen in zijn hand.

Ten slotte kleedde hij zich aan en ging naar beneden om te ontbijten in de eetkamer. Daarna ging hij de straat op, slenterend naar de streling van de ochtendzon, en zonder het te beseffen, ging hij instinctief de hoofdstraat in.

Agnes' gewricht was gesloten. Hij was blij en probeerde langs te komen. Tegen die tijd zou hij 's avonds tijd hebben om na te denken en een beslissing te nemen over Agnes.

Maar hij was nog maar een paar passen verder, of hij ontdekte dat ze op de valse trottoirs tikte. Ze droeg een opzichtige roze jurk met grote ruches en mouwen met stroken die strak om de polsen zaten, en de hoge kanten kraag paste om haar nog welgevormde keel.

Ze bedekte haar haar met een hoed met een zeer hoge rand aan de voorkant en vallend aan de zijkanten, die met een zijden lint aan haar keel was aangepast, terwijl haar handen, die de zijden zak in evenwicht hielden, tot aan de elleboog bedekt leken door de wanthandschoenen van kant.

Ook al was ze geen meisje meer, ze was nog steeds aantrekkelijk en opvallend. Ze was een wijze vrouw, die haar volwassen charmes wist te versterken met kattenkwaad en onderscheid.

Toen ze Stuart ontdekte, glimlachte ze gracieus en hij reageerde op dezelfde manier op de glimlach, liep naar haar toe en ontdekte zichzelf komisch.

'Mag ik van de koningin van San Francisco uw hand kussen?'

'Ik vind kussen lekkerder, Stuart.

"We zouden een schandaal veroorzaken in deze bescheiden stad als ik je midden op straat op de mond zou durven kussen. Zullen we het laten voor privacy?

'We bewaren het voor je tijd, Stuart.

'O, daar krijg ik rillingen van van opwinding. Zo'n rustige en onderdanige kleine vrouw aan een man; Maar vertel me eens, komt u om harten te breken door de straten van de wilde stad? Omdat je me niet gaat vertellen dat je zo'n goede toegewijde bent dat je uit de mis komt.

'Ik ga naar de kerk op de dag dat ik het met je arm doe.

"Die dag zullen ze de deur van de kathedraal moeten verbreden zodat wij erdoor kunnen. Ik zal eraan denken om aan te bevelen dat ze de deur breder maken. Waar kom je vandaan, lieverd?

'Om voor je zaak te werken, lieverd. Ik moest gisteravond opruimen en weten wat Foot dacht. Ik was er niet helemaal zeker van dat hij niet betrokken was bij de Jessup-affaire en ik wilde het verduidelijken. Gelukkig staat alles klaar. Jessup liep voor op de gebeurtenissen en het was allemaal dat hij niets meer deed.

'Blij om te horen... voor ons allebei.

"Je zult ook blij zijn te horen dat Foot heeft besloten om je Fred's positie te geven en verwacht je over een uur om je presentatie aan zijn mannen te geven. Ik dacht eraan om naar je hotel te gaan om het je te laten weten.

'Ben je hem gaan vragen dat te doen? Vroeg hij met een harde stem.

"Ik zweer het je. Het was iets dat hij sinds gisteravond heeft besloten om je die positie te geven. Ik ging gewoon om ervoor te zorgen dat er geen bedrog was geweest.

'Dat is iets anders en ik waardeer uw goede diensten, maar ik hou er niet van dat vrouwen mijn babysitters worden.

'Je lijkt te trots, Stuart, en je vergeet dat een vrouw, vooral zoals ik, kracht heeft.

'Ik heb de mijne en voor deze zaken is het genoeg voor mij, Agnes. Als je wilt dat we goede vrienden zijn, blijf dan uit mijn zaken. Je zou me verlagen in de ogen van die mensen en je zou tegelijkertijd je leven bemoeilijken, wat ik niet wil, omdat ik wil voorkomen dat je schade wordt berokkend.

"Waarom zou hij haar lastig maken? Nu heb je een goede positie bereikt en...

"Dat is niet genoeg voor mij, heb ik je al verteld. Ik streef ernaar om net zoveel te zijn als ieder ander, en het feit dat ik gebruik maak van die stap om hem te beklimmen, betekent niet dat ik midden op de ladder stop. Ik zal naar de top klimmen, wie er bovenop zit duwen, en ik zal vasthouden of vallen, maar ik zal niet halverwege zijn.

"Hoe bedoel je, ijdelheid?

"Dat ik Foot niet meer waarde geef dan wat zij heeft om de absolute eigenaar van iets te zijn. Ik streef ernaar hem een dag min of meer nabij te verdringen en daarom wil ik dat je aan de zijlijn blijft. Je zou betrokken zijn bij de strijd en je zou het voelen. U lijkt te vergeten dat hij veel voor u voelt en dat als hij vermoedt dat u voor mij voelt en ik wederkerig zijn... realiseert u zich dan de vele dingen die kunnen gebeuren en niets prettigs voor iedereen?

"Dat baart mij geen zorgen. Als ik iets wilde, heb ik ervoor gevochten zonder de gevolgen te wegen.

"Het is heel heroïsch, dat, maar het heeft zijn nadelen ... Ik denk dat het voor nu beter is om gisteravond te vergeten en veel dingen uit te stellen en op gebeurtenissen te wachten zonder ze te compliceren.

'Vergeet het? Nee. Stel het uit? Nou, maar niet voor Foot... voor jou als dat is wat je interesseert.

"Ik ben geïnteresseerd omdat ik het moment wil kiezen om hem te laten zien dat ik weinig om zijn macht, zijn roem en zijn moed geef.

"Wees niet ijdel. Je krijgt dingen die...

"Dat ik niet heb gezocht, dit is de waarheid," weerlegde hij, "en daarom wil ik niet meer verantwoordelijkheden aanvaarden dan die ik voor mezelf zoek en niet voor anderen.

Agnes verhardde de trekken van haar mooie gezicht.

Lange tijd hadden tientallen hard en zacht, brutaal en timide, rijk en arm hem belegerd, onbewogen door smeekbeden, geschenken en dreigementen, ze droog en onbevreesd minachtend.

En op dat moment, toen hij zich had laten beïnvloeden door de aantrekkingskracht van dat avontuurlijke type dat hij nauwelijks kende, maar die de onweerstaanbare aantrekkingskracht had gehad om zijn trots en koppigheid te bedwingen, was hij hooghartig, droog en hard, minachtend of beledigend. die beginnende hartstocht die zijn borst begon te branden en waarvoor veel mannen hun leven en fortuin aan zijn voeten zouden hebben gelegd.

Woedend liep ze naar hem toe en antwoordde:

'Als je geen interesse hebt, waarom die komedie van gisteravond? Waarom liet je me geloven dat...?

Hij besefte dat het haar woedend maakte en dat het hem niet goed uitkwam om dat te doen, verzachtte en antwoordde:

"Klim niet in de boom en interpreteer mijn woorden op een manier die niet waar is. Het zal moeilijk voor je zijn om mij te begrijpen, maar het hangt af van je begrip of je het kunt doen. Ik wil je zeggen dat ik mijn onafhankelijkheid van beweging voor niets of niemand verkoop. Buiten mijn persoonlijke prestaties, in de uren dat ik niets heb om tijd aan mezelf te besteden, zal ik toegeven wat je wilt, maar niets meer dan dan.

»Ik wil weten dat ik geen last op mijn rug draag die me schade zou kunnen toebrengen, aangezien de zorg om mezelf vanaf het front te moeten verdedigen voldoende is. Op dit moment ben ik geïnteresseerd in de vriendschap van Foot en het aansluiten bij zijn bende; Ik moet de omgeving goed kennen om te weten waar ik heen moet. Later, als ik hem niet nodig heb, zal het tijd zijn om met hem in discussie te gaan en te kijken wie van de twee meer kracht heeft, maar als je het ingewikkelder maakt, verlies ik alle mogelijkheden, en om ze te verliezen is het genoeg voor dat hij boos op je zou worden en mij zou nemen. tussen de ogen. Wil je het meteen begrijpen?

Agnes leek gerustgesteld door deze dubbelzinnige uitleg en antwoordde:

'Je bedoelt dat wat je interesseert is dat onze vriendschap voorlopig geheim blijft.

'Terecht. En dat je mij in de ogen van de mensen behandelt zoals je ieder ander zou behandelen. Zo zal ik me vrij kunnen bewegen en het anticiperen op gebeurtenissen vermijden.

'Nou, als je dat wilde zeggen, zal ik weten hoe ik op je best moet wachten, maar als je op enig moment mijn hulp nodig hebt, aarzel dan niet om het me te vragen.

»Ik wil dat je slaagt in je projecten en wordt wat je nastreeft in San Francisco. Je hebt me juist geïnteresseerd omdat je een ambitieuze en vechtlustige man bent voor wie geen grenzen zijn, en je zou me teleurstellen als je halverwege zou stoppen.

"Dan praat ik niet meer. Ik ga verder in mijn herberg, ik zie je 's nachts in de tent als een extra klant om geen aanleiding te geven tot roddels die Foot zou kunnen oppikken ten nadele van beide, en als de tijd daar is , zullen we nadenken over de toekomst.

'Ok, Stuart. Ga nu naar Foot, die thuis op je wacht, Third Street, links, het laatste huis.

Stuart haalde opgelucht adem toen hij ver van het gewricht was.

Instinct vertelde hem dat dit een gevaarlijke val voor hem was en dat als hij geen manier kon vinden om van de gouden staven af te komen, hij er op een dag in zou worden opgejaagd als de meest vulgaire vogels.

HOOFDSTUK VIII

EEN VERVULD BEZOEK

Het arrangement van Stuart en Foot leverde geen grote complicaties op. Na de buitengewone heldendaden van de eerste was geen enkel lid van de bende geneigd de toelating van de avonturier af te wijzen met de graad die de leider hem had verleend, en Foot was tevreden een man aan zijn zijde te hebben die zo hard en snel was, die zou een solide garantie zijn voor uw persoonlijke veiligheid en uw toekomstplannen.

Hij nam hem die avond persoonlijk mee om de hem toegewezen demarcatie te verkennen. Hij ontmoette eigenaren van gokhallen, verdachte types met wie hij op moest passen, hij kreeg de namen van de ruigste elementen die in San Francisco los waren, koppig om, zij het op kleine schaal, in dezelfde omgeving als hij te werken. en Fritt had hun koninkrijkjes geconsolideerd, en al snel had hij de hele organisatie in handen en wist hij van de enorme stroom goud die dagelijks naar de twee handen van zijn nieuwe baas ging.

Hij had tien procent van het totale inkomen aan hem toegewezen. Aangezien de bemanning zestien was en Foot de baas was, die zijn eerlijke helft kreeg, was zijn opdracht niet te verwaarlozen, maar Stuart vond het onbeduidend. Toch accepteerde hij het. Voor het moment had hij zijn deel over, en de dag dat hij besloot om naar meer te streven, zou hij Foot's houden.

Dagen later toonde hij nieuwsgierigheid om de leden van de andere bende te ontmoeten. Als stilzwijgende afspraak bezochten de een en de ander nauwelijks de vestigingen van de tegenpartij om mogelijke complicaties te voorkomen, die de zaak weer zuur zouden hebben gemaakt, en Stuart rechtvaardigde de wens door te zeggen dat hij juist om wrijving met de tegenstellingen te vermijden hij moest ken ze persoonlijk en niet van horen zeggen.

"Heb je er veel zin in? Foot had hem gevraagd.

"Ja, om twee redenen: een omdat we geen van beiden kunnen voorspellen wat er op een dag kan gebeuren, en ik hou niet van het vechten tegen spookvijanden; en nog een, omdat ik denk dat ... het productiever en comfortabeler zou zijn om alle winkels te controleren en het inkomen met niemand te hoeven delen.

"Droom er niet over, Stuart" antwoordde Foot "; die ambitie heb ik lang gekoesterd en het kostte me maandenlange gevechten, mannen verliezen en Fritt laten verliezen met geen ander resultaat dan onszelf bloot te stellen aan het bederven van de zaak voor wij allebei Het is waar dat je op deze manier minder verdient, maar je wint met rust en zonder gevaar.

'Misschien was de zaak niet goed gefocust,' verzekerde Stuart zelfverzekerd. "Er zijn klappen die niemand verwacht vanwege hoe gedurfd, en als een beslissende goed bestudeerd zou kunnen worden gegeven, zouden we er niets mee verliezen.

"Natuurlijk niet, maar het is wel heel moeilijk. We zijn allebei goed voorbereid om niet overrompeld te worden.

"Oké, maar door het beter te bestuderen, gaat er niets verloren. Later kan het worden afgewezen of geaccepteerd, omdat ze zeggen dat wat twee ogen niet kunnen zien, door vier kan worden gezien. Je hebt geverifieerd dat ik geen man ben die bang is voor veel dingen .

'Oké, anders zou je me niet van dienst zijn; maar voor nu laten we de dingen zoals ze zijn.

"Als het jouw wens is, zeg ik niets, maar dat weerhoudt me er niet van mezelf aan Fritt voor te stellen.

"Ik ga het doen, omdat ik denk dat het ook handig voor hem is om te weten dat ik mijn vertrouwde man heb veranderd en om je goed te kennen om fouten te voorkomen. We zien je vanavond om twaalf uur in La Bola de Oro. Kom me zoeken... en zo niet, dan kun je beter op me wachten bij Agnes' studeerkamer. Ik wil haar tegelijkertijd begroeten.

"Akkoord. Op dat moment zal ik er zijn.

Stuart hield niet van de rendez-vous locatie. Hij was daar al een aantal dagen niet verschenen en hij was niet in de stemming om verwijten te horen en valse verklaringen te geven over zijn afwezigheid. Hij was niet gegaan omdat hij dat niet wilde, hoewel hij zich later probeerde te rechtvaardigen door buitensporig werk op te eisen naast zijn nieuwe baas.

Maar die avond, rond elf uur, verscheen hij bij de tent. Agnes, die woedend was over de verlatenheid waarin hij haar had, haastte zich om hem naar haar gereserveerde tafel te brengen en berispte hem hard:

'Is dit de behandeling die ik verdien, Stuart? Je bent hier niet meer geweest sinds de ochtend dat je naar Foot ging.

'Ik kon niet, lieverd; vraag je geliefde kwelling en hij zal het je vertellen.

"Voet is niet mijn geliefde kwelling en dat weet je. Doe de gunst om geen ironieën uit te geven die ik niet kan verdragen.

"Vergeeft. Het zinspeelde op de interesse die hij voor je heeft. Ik verzeker je dat hij me geen moment vrij heeft gelaten, omdat we alle gokhuizen in zijn rechtsgebied hebben bezocht, zodat hij de mensen kan ontmoeten en de leiding kan nemen." van hoe hij het bedrijf runt. Vergeet niet dat ik nu zijn vertrouwde man ben en dat alles wat ik heb om hem ter harte te nemen. Ik hoop dat je begrijpt dat ik nu niet alleen van mezelf afhankelijk ben.

'Maar er komt nog een moment dat je hebt gehad.

'Ik verzeker je, hij heeft me niet verlaten. Vanavond heb ik het kunnen doen omdat hij me hier om twaalf uur heeft geroepen. Hij neemt me mee naar Fritt.

'Wat voor interesses heb je om die vent te ontmoeten?

"Veel, begrijp het. Is het niet eerlijk en normaal dat ik mijn vijanden beter ken dan mijn vrienden? Op een dag kunnen er onvoorziene dingen gebeuren en zou ik het risico lopen hem tegen te komen zonder hem te kennen. Het ding zou niet erg blij voor me zijn en daarom heb ik hem gevraagd om het aan mij voor te stellen.

'Wanneer ga je klaar zijn en wat tijd met me doorbrengen? Je kunt komen nadat je hem hebt verlaten.

'Ik zou het je beloven als ik wist dat we hem snel zouden vinden en dat hij ons niet veel zal vermaken. Maar hoe dan ook, ik geef je mijn woord dat zodra ik mijn werk een beetje loslaat en alles genormaliseerd is, ik zal komen. We hebben weinig meer.

Even later verscheen de senator, de vaste klant van Agnes. Dit, hoewel met spijt, werd gedwongen Stuart te verlaten om voor hem te zorgen.

De avonturier maakte van dat moment van uitstel gebruik om Betty te begroeten. Hij had haar niet meer gezien sinds de nacht van zijn dramatische gevecht met Jessup en hij miste haar zo erg.

Hij benaderde het meisje nonchalant en zei:

'Hoe gaat het met je, Betty? Ik denk dat je zenuwen nu helemaal gekalmeerd zullen zijn.

Ze wierp een blik op Agnes, die Stuart niet ontgaan was, en antwoordde:

"Het gaat goed, heel erg bedankt. Het spijt me dat ik je toen niet kon bedanken voor je tussenkomst, maar ik maak van dit moment gebruik om je te bedanken.

"Bah! Dat deed er niet toe. Een man zou een vrouw altijd moeten verdedigen als hij haar ziet overreden, en nog veel meer als ze zo mooi en aantrekkelijk is als jij. Hoewel ik denk dat ze me niet veel gratis zullen geven tijd, vanavond zou ik graag met je dansen.

'Het spijt me, maar ik ben verloofd,' verontschuldigde de jonge vrouw zich een beetje aarzelend. Agnes staat niet toe dat we haar zaken verwaarlozen en dat moet je begrijpen. Een andere dag kan zijn.

Hij merkte dat het meisje een beetje nerveus was en dacht dat hij vermoedde dat het Agnes' aanwezigheid was. Fronsend vroeg hij zich af of het meisje iets wist van zijn flirt met Agnes of dat Agnes hem een waarschuwing had gegeven om zijn gevoelens in bedwang te houden.

Ze moest hem op de proef stellen, maar niet vanavond. Twaalf uur was bijna rinkelend en Foot zou spoedig zijn opwachting maken.

"Ja, er komt nog een nacht," zei hij glimlachend "; maar ... die andere nacht zal het zijn.

En hij keerde terug naar Agnes' tafel, niet erg tevreden over het interview met de jonge vrouw.

Californian Beauty, brandend van het verlangen om zo lang mogelijk bij Stuart te zijn, slaagde er behendig in om zich te ontdoen van de aanhankelijke persoonlijkheid van de senator, waardoor hij erg geamuseerd achterbleef aan de roulettetafel. En ze ging naast Stuart zitten, staarde hem aan en vroeg:

'Waar had je het over met Betty?

Toen hij zich realiseerde dat de vraag een gloeiende laag van slecht verborgen jaloezie bevatte, besloot hij haar een beetje woedend te maken en antwoordde met ironie:

'Ik vroeg je of je wist hoe het weer morgen zou zijn. Ik ben bang dat het gaat regenen en aangezien ik een beetje reumatisch ben...

Agnes brulde boos met lage stem:

'Stuart, ik hou niet van slechte grappen. Ik hoop dat je beseft dat er stiekem of niet een pact tussen de twee is en dat ik geen vrouw ben die toegeeft dat een ander mijn pad kan kruisen.

Hij wilde haar geduld niet opjagen en antwoordde:

'Luister, Agnes, je kunt oud worden, maar niet zonder reden jaloers. Het eerste zou beter voor je zijn dan het tweede. Ik vroeg haar hoe het met haar ging sinds de nacht van het gevecht en ze maakte van de gelegenheid gebruik om me te bedanken voor wat ik deed. Dat was het.

"Alles, en het is best veel. Laat Betty maar achter, want ze is een zeer aantrekkelijke meid die weet hoe ze klanten moet boeien en erg nuttig is voor mijn bedrijf. Ik wil niet dat je het verpest of me afleidt.

"Begrepen, maar ik ben ook een klant, vergeet je dat? En ik moet net als de anderen worden afgeleid.

"Als ik niet aantrekkelijk ben om je af te leiden, wissel dan af met de andere meisjes. Ik vind ze allemaal mooi en aardig.

"Ik zal erover nadenken, maar het lijkt mij dat u mij veel voorwaarden oplegt en dat is niet waar we het over hebben. Als je jezelf zo vertrouwt, waarom ben je dan jaloers op anderen?

"Omdat je een heel hard gezicht hebt. Ik heb beloofd me niet met uw privézaken te bemoeien, maar dit is intiem en ik heb het recht om dat te doen.

'Laten we geen ruzie meer maken, Agnes. Het is belachelijk dat we het doen. Er is Voet.

Hij stond op om haar tegemoet te komen en zei tegen Agnes:

"Sorry dat ik je verlaat.

'Kom je vanavond terug?

'Ik heb je al geantwoord. Het is aan hem en niet aan mij.

En hij zwaaide om zich bij Foot te voegen en de joint met hem te verlaten.

Ze vonden Fritt in La Bola de Oro. Sinds hij en Foot de verloving hadden ondertekend, was er geen botsing geweest en beiden waren niet bescheiden geweest in het publiekelijk laten zien op locaties waar de absolute eigenaren bekend waren. Nachten waren altijd de nachtmerrie van de wettelozen, maar dat pact had de angst verzacht om in de duisternis te vallen. Wat nog niemand had gedaan, was buiten hun natuurlijke grenzen gaan en het tegenoverliggende veld bezoeken.

Om deze reden was Fritt verrast toen hij Foot zag binnenkomen met een vreemde.

Fritt haastte zich van de tafel en wees op een stoel voor haar.

'Ga je gang, Foot,' zei hij, 'ga hier zitten. Ik voel me gevleid je op deze breedtegraden te zien en ik schaam me dat je de eerste was die deze stap van echte vriendschap zette.

Ze gingen naast hem zitten. Aan de tafel zaten drie andere personen wier uiterlijk hen afkeurde als leden van Fritts bende en mogelijk de mannen die hij het meest vertrouwde.

Fritt bestelde de beste whisky en vulde hun glazen. Stuart had naast zijn baas gezeten, hoewel de uitnodiging niet rechtstreeks werd ontvangen. Ze dronken allemaal langzaam, alsof ze de situatie bestudeerden voordat ze spraken, en Foot, die het glas op het tafelblad zette, zei:

"Ik wilde niet eerder komen, omdat het bezoek niet verkeerd werd geïnterpreteerd, maar er is iets gebeurd dat me ertoe heeft gedwongen dit te doen. Fred, mijn tweede, is overleden, en ik vond het eerlijk dat, aangezien we elkaar allemaal kennen, jij en je mannen weten wie mijn tweede wordt. Het is deze die mij vergezelt en zijn naam is Stuart Sterling.

Fritt richtte zijn koude grijze ogen op hem en, zijn hand uitstrekkend, wit en slijmerig, zei:

'Zo leuk je te ontmoeten, Sterling. Ik heb al iets over je gehoord.

'Dat eert me,' antwoordde Stuart. Het is altijd prettig om te weten dat de grote figuren in de kleine zitten.

'Ja. Ze hebben me iets verteld over de dood van Fred en ook over die van Jessup. Twee mooie taken als ze nobel waren.

Stuart kreeg een whiplash in zijn bloed toen hij de opmerking hoorde en antwoordde:

'Je zei dat je over mij geïnformeerd was. Ik zie dat het niet zo is geweest... of ze hebben het verkeerd gedaan.

"Ik heb het niet gezien en kan er niets over zeggen. Wat ik weet is van referenties, maar ik kende Fred en Jessup.

'Hij hoefde me alleen maar te kennen, en hij kent me al.

'Terecht. En ik wil geloven dat wanneer Foot je die functie heeft toevertrouwd, dat zal zijn omdat hij goede referenties van je heeft en je loyaliteit vertrouwt.

'De referenties die u van mij hebt, zijn u gewoon door de feiten gegeven. Was er meer nodig?

'Niet voor hem, aangezien hij je aan zijn zijde heeft toegelaten en blijkbaar blij is dat hij dat deed.

'Natuurlijk ben ik dat,' bevestigde Foot snel, die niet hield van de toon die het interview vanaf het eerste moment had gekregen.

'Ik ga er niet op in, Foot,' zei Fritt. Elk heeft zijn procedures om zijn zaken bij te wonen.

Stuart, die de onwil van zijn tegenstander niet beviel, merkte op:

"Het lijkt te impliceren dat je anders zou hebben gehandeld. Dat is niet erg vleiend voor mij.

"Dat is hoe het is. Ik ben heel duidelijk, maar ik probeer me met niemands zaken te bemoeien, en van mijn kant bevestig ik dat ik van nature erg wantrouwend ben. Mijn mannen hebben hun geschiedenis, maar ik ken ze grondig en ik weet hoe ver ze kunnen gaan en hoe ver ik ze kan beheersen. Ik heb zeer goede mannen afgewezen die, hoe hard ook, mij niet dienden.

'Ik begrijp je niet,' antwoordde Stuart.

"Ik zal het je uitleggen, en het is niet zo dat ik je in dit geval conceptualiseer. Er waren mannen die, omdat ik ze te ambitieus vond, ik ze weigerde. Degenen die goed weten hoe ze een revolver moeten gebruiken en niet bang zijn om het te gebruiken, zijn genoeg voor mij, maar meer niet. Ik wil wapens die presteren en geen hersenen die denken, want ik denk dat als ik denk, dat genoeg is.

Stuart grijnsde geamuseerd. Fritt was veel gevaarlijker en subtieler dan Foot. Hij wist wat hij van plan was en kende bepaalde psychologieën, die gevaarlijk konden zijn, maar hij antwoordde zacht:

"Ik zou graag willen weten wat uw mannen zouden doen in bepaalde omstandigheden, als hun bevelen zouden mislukken en er voorlopig maatregelen moesten worden genomen, ongeacht die.

"Schiet of ga weg. Ik eis niet meer van je.

"Goed; ik betwist het niet. Ik dacht dat de tweede van een bende de voortzetting van zijn baas was. Zo niet, dan denk ik dat de aanklacht niet nodig is.

"Ik heb het voor luxe. Ik benadruk er een omdat hij de meest effectieve was op het moment van het gevecht en om mijn bevelen concreet over te brengen.

Stuart, die zijn geduld begon te verliezen bij de insinuaties van Fritt, bezuinigde op zijn verliezen en zei:

"Ik denk dat we afdwalen van het doel van het bezoek. Noch mijn baas is gekomen om te vragen hoe hij zijn band organiseert, noch om uit te leggen hoe hij de zijne organiseert. Het was handig dat we elkaar allemaal leerden kennen om onnodig struikelen te voorkomen en dat is het dan. Jij kent mij al en ik ken jou, de rest slaat toe.

'Juist, en deze mensen om mij heen zijn een paar van mijn mannen. De anderen liggen verspreid en ik kan ze niet oppakken om de presentatie te maken, maar ze weten al iets over hem en de tijd zal bekend moeten worden.

'Nou, dan heb ik van mijn kant hier niets te doen. Als mijn baas wil blijven, laat hem dat dan doen.

Foot antwoordde na een korte aarzeling:

'Nee, Stuart, ik kwam alleen om je een plezier te doen. We zijn het eens geworden over een afbakening van plaatsen en sindsdien hebben we ons onthouden van bemoeienis met tegengestelde koninkrijkjes. Ik wil niet dat dit als precedent dient.

'Het spijt je, Foot,' zei Fritt. Ik besef de reden van het bezoek en ik waardeer het. Hoe dan ook, als ik je van dienst kan zijn...

"Bedankt; ik denk dat we het allebei heel goed kunnen vinden zonder hulp van buitenaf.

"Tot nu toe hebben we het tenminste bewezen", zei Fritt.

Ze schudden elkaar de hand en Voet, met zijn tweede, verliet het zuidelijke deel. Stuart ergerde zich aan de insinuaties van zijn rivaal, omdat ze de twijfel in de geest van Foot konden aanwakkeren. Woedend merkte hij op:

'Ik mag die vent niet. Hij is dwaas en onwetend. Ik vond het niet vervelend om meer dan een schietmachine te zijn. Ik zou je jongens graag snel zien om te zien wat ze bedacht hebben. Toen hij tussenbeide wilde komen en na wilde denken, had hij misschien niets meer over.

"Het is mogelijk, maar hij heeft geluk gehad en heeft iets bereikt van wat hij wilde bereiken. Ik kon hem niet op tijd pakken.

'Dat heeft mijn eigenwaarde aangetast, baas. Ik zou graag met uw eigen wapens antwoorden en ik zal het bestuderen. Zou je hem echt willen opvegen en alleen zijn?

'Je vraagt je niet eens af, Stuart.

"Nou, wed nietEr was niets voor het leven van Fritt.

'Pas op. Hem doden zou niets oplossen.

"Wie zegt nee? Hij heeft bekend dat hij alleen armen heeft en geen hoofden. Als dat het geval is, wie zou de band dan effectief overnemen? Met een beetje vindingrijkheid zouden ze allemaal worden weggevaagd. Niet dat ik denk dat het gemakkelijk is , maar ik beloof het te bestuderen.

'Nou, doe het maar, maar uiteindelijk ga je jezelf ervan overtuigen dat het is alsof je op een stekelvarken zit. Ik ben niet zachtaardig of geef niet snel op, en toch heb ik ervoor gekozen om dit arrangement te doen en het is het beste om daarbij te laten.

"Hoe je maar wilt; ik ben niet erg enthousiast, hoewel ik een verdubbeling van het inkomen zou kunnen gebruiken.

Stuart liet Foot in zijn hol achter en trok zich terug. Het was twee uur en Agnes' hol was nog in volle gang, maar hij kwam niet in de verleiding om ernaar terug te keren. Hij vermoedde dat dit zijn leven moeilijker zou maken en hij probeerde het liever af te koelen.

Agnes was heel laat wakker geworden voor de orkaan van hartstochten en dit was erg gevaarlijk voor een vrouw als zij. Hij moest koud water op het vuur gieten zodat het niet zou ontploffen, tenminste zolang hij niet vrij was van Voet en meester van de situatie werd. Dan zou hij het niet erg vinden om haar aan te kijken, want dan zouden zijn tanden afgebroken worden en zou hij geen gevaarlijke beten kunnen veroorzaken.

HOOFDSTUK IX

DE FIERCE VOELT JALOERS

ik weetstelde Stuart de volgende avond voor in het gewricht. Agnes, die die nacht hevige hoofdpijn had, 'misschien een product van de zorgen die Stuarts enigszins vreemde gedrag bij haar veroorzaakte', had zich teruggetrokken in haar kamers en een tijdje op het bed gelegen om te proberen die ergernis weg te werken.

Stuart was blij dat Agnes weg was. Als ze afwezig was, kon hij altijd rechtvaardigen dat hij haar was gaan opzoeken, en dat, hoewel het logisch was om geïnteresseerd te zijn in haar toestand, de voorzichtigheid om haar attenties niet te wantrouwen hem ervan had weerhouden naar haar toe te gaan om haar te bezoeken. .

Dit diende als voorwendsel voor hem om buitengewoon attent te zijn op Betty. Het meisje, hoewel een beetje bang, kon de aantrekkingskracht die Stuart op haar uitoefende niet weerstaan, en Agnes' waarschuwingen negerend, wijdde ze al haar vrije tijd aan hem en danste met hem zonder zich zorgen te maken over de rest van de klanten, die zich daardoor gekrenkt voelden. voorkeur van de jonge vrouw.

Maar ondanks dit vond Stuart haar verlegen en angstig, en in een poging om erachter te komen wat er met haar aan de hand was, vroeg hij:

'Wat is er met je aan de hand, meisje? Het lijkt erop dat je je niet erg op je gemak voelt bij mij.

"Waarom niet? Ik voel me erg goed.

"Maar ik merk dat je een beetje bang bent. Heeft iemand iets slechts over mij gezegd?

De jonge vrouw antwoordde na een korte aarzeling:

"Nou ... tot op zekere hoogte. Het was helemaal niet slecht, maar Agnes ...

Hij kwam in opstand toen hij zich realiseerde dat het iets van "de Californische schoonheid" was en brulde:

'Wat heeft die zelfvoldane birria je verteld?

'In godsnaam, schreeuw niet zo. Als het haar in de oren zou komen, zou het verschrikkelijk zijn. Hij heeft me gewaarschuwd dat zijn bedrijf boven alles staat en dat ik mijn werk aan hem te danken heb. Ik wil niet dat ze mijn tijd met iemand in het bijzonder doorbrengt, en vanuit haar oogpunt kan ik het haar niet kwalijk nemen, maar soms vraag ik me af of ze jaloers zal zijn zonder reden.

Stuart glimlachte geamuseerd toen hij besefte dat Betty per ongeluk het doel had geraakt.

Jaloers waarop? "Ik vraag.

'Vanwege je voorkeur voor mij. Dat is natuurlijk gek, want haar aandacht voor mij is normaal en omdat ik denk dat Agnes niet in staat is haar ogen op een man te richten.

"En waarom luister je naar hem? Je hebt altijd een publiek dat je bewondert en verwent. Ik was de eerste en...

"Dank je, maar ik moet mijn werk doen, want nergens zou ik beter zijn dan hier. Agnes houdt rekening met mij en ... er is geen eigenaar die mij overweldigt en mij bepaalde voorwaarden probeert op te leggen ...

"Dat zou je niet toegeven.

'Dat zou ik niet toegeven... tenzij ik in het nauw werd gedreven. Daarom moet ik opletten wat ik doe, ook al voel ik het.

'Is er niet een man op je afgekomen die besluit je uit deze kooi te halen?

"Ik zou liegen als ik nee zou zeggen. Er waren er die het me voorstelden, maar loste dat iets op?

"Leef rustig, zonder gedwongen te worden bepaalde dingen te doorstaan.

'En soms moet ik ergere dingen verdragen. Er zijn mannen die noch voor wat ze kunnen bieden, noch voor wat ze daadwerkelijk kunnen geven, getolereerd kunnen worden.

'Wat voor soort man is hij die je leuk vindt?

'Wil je dat we er niet over praten? Alle vrouwen zijn ambitieus en ik ben geen uitzondering, maar soms stuiten ambities op onoverkomelijke barrières en laat mijn morele situatie me niet toe ...

In een impulsieve uitbarsting van de vele die hij vroeger had, zei hij zonder na te denken:

'Wacht even, Betty. Op een dag zal ik de meester van San Francisco zijn, en die dag... zul jij de meester zijn met mij. Ik mag je om veel dingen die ik niet zou kunnen uitleggen, en ik ben ook ambitieus als het om vrouwen gaat.

Betty bloosde en hij hield haar tegen zijn borst. Ze dansten zonder hun omgeving te beseffen, totdat Stuart, terwijl ze naar de treden keken, zijn hoofd ophief en Agnes ontdekte, die tegen de veranda leunde en hen met geconcentreerde aandacht aankeek.

In de glans van de 'Californische schoonheid'-ogen las hij alle woede en wrok die de contemplatie in hem opriep.

Maar vastbesloten om de situatie het hoofd te bieden met de impuls die hem kenmerkte, negeerde hij het. Hij was geen man die door een vrouw kon worden onderworpen en hij zou de meest onstuimige ruzie met haar hebben, maar hij zou niet laten blijken bang voor haar te zijn.

Maar Betty zag het ook, en haar kleur verliezen stotterde ongemakkelijk:

'Sorry dat ik je heb verlaten. Daar is Agnes en ik vermoed dat ze er last van heeft gehad dat ik met me danste.

'Negeer het, en als hij later iets tegen je zegt, bied dan je excuses aan. Op een dag zullen we hem ernstig van streek maken.

Maar de muziek was afgelopen en Betty maakte van de gelegenheid gebruik om van hem te scheiden en andere klanten te ontmoeten. Agnes begon toen af te dalen en riep Stuart met een gebaar naast haar.

De laatste kwam onbezorgd dichterbij en zei:

"Ik vroeg naar je en ze vertelden me dat je hoofd een beetje pijn deed en dat je naar bed was gegaan. Het lijkt erop dat je hoofdpijn voorbij is en dat vier ik. Of ben je niet beter?

'Genoeg om te zien hoe weinig je om me geeft, ondanks je beloften.

"Je bent absurd, Agnes" bevestigde hij terwijl hij de glazen vulde ". Ik heb je al verteld dat ik naar je toe kwam en toen ik naar je vroeg, gaven ze me die waarschuwing. Het zou je hoofdpijn niet moeten vergroten en nog minder opscheppen uw favoriet door naar uw privékamers te gaan in het volle zicht van iedereen.

"Verontschuldig je niet. Je valt me al lastig met zoveel geheimzinnigheid dat ik het niet kan begrijpen. Ik doe wat ik wil en jij ook. Als het vroeg of laat bekend moet worden, weet ik niet waarom die preutse dingen van jou.

'Ik heb je al een reden gegeven. Ik wil voorlopig geen complicaties met Foot. Hij is verliefd op je en verdraagt zijn momentum omdat hij gelooft dat er niemand bij betrokken is. Als hij wist dat ik het was die zijn ambities in de weg stond, zou de puinhoop groot zijn.

"Dit zijn allemaal voorwendsels. Wat je interesseert, is de vrijheid om met hen allemaal afgeleid te worden, en vooral met sommigen in het bijzonder.

"Dat is jouw bullshit. Ik heb met meerdere gedanst in de korte tijd dat ik hier ben. Je hoeft niet na te denken over dingen die je je alleen maar inbeeldt.

'Nou, dat lossen we wel op. Ik heb lang geleefd om te weten hoe ik bepaalde dingen moet waarderen, en ik weet dat mannen zo absurd zijn dat je waarde hecht aan wat ze je niet geven en veracht wat ze voor handen hebben.

"Wil je nu je mond houden, prinses? De hoofdpijn doet je visioenen zien. Ga zitten en drink om te zien of dat aan je voorbij gaat.

"Het gaat niet weg. Ik wil je voor één ding waarschuwen, en dat is dat ik voor alles een speciale vrouw ben. Je zult me aan je zijde hebben wanneer je het nodig hebt, zolang je loyaal correspondeert, maar als het niet zo was... geen vijand feller en erger voor jou dan ik.

Stuart vermoedde dat ze hem niet voor de gek hield en dat het zou lukken, maar hij rekende op haar durf en vaardigheid om in het ergste geval zo min mogelijk kwaad te doen.

'Vertel me eens iets minder zuurs, lieverd. Ik kwam alleen om je te zien en je maakt me op dit moment bitter. Waarom?

"Geen reden; ik heb je mijn redenen al gegeven. Kom je vannacht logeren?

Hij besloot zijn woede voor het moment te bedaren en antwoordde:

'Als je het wilt, blijf ik.

"Dat lijkt me een positiever bewijs van genegenheid. Het werd tijd dat je wat tijd had om het aan mij op te dragen.

'Je weet heel goed hoe druk ik het de laatste tijd met Foot heb gehad. Gelukkig zijn de dingen aan het normaliseren.

"Nou, ik waardeer de eigenschap, maar ik wil je nacht niet bitter maken. Ik voel me niet goed en ik moet rusten. Lijkt het je morgen beter als ik antwoord krijg?

Hij zag de open lucht met het antwoord en antwoordde:

'Wat je ook stuurt, lieverd. Ik ben je slaaf.

"Wat je bent is een fresco zonder redding. We zijn het erover eens dat morgen, maar je gaat het plezier doen om nu te vertrekken, zodat je oplost wat je moet oplossen en morgen wijd je al je tijd aan mij. Ik nodig je om tien uur uit voor het diner. Jij gaat door de zijdeur naar boven en ik laat alles klaar staan zodat niemand ons stoort.

'Heel goed. Om tien uur heb je me hier.

Hij stond op om te vertrekken, want het aanbod was geforceerd en hij voelde zich meer thuis dan Agnes' tirannieke invloed. De volgende dag zou hij een voorwendsel verzinnen om niet te gaan eten, en wat het gevolg zou zijn van de sit-in zou al gezien worden.

Agnes volgde hem met haar ogen tot ze hem zag verdwijnen en glimlachte toen met woeste humor. Ze was klaar om alle wedstrijdpogingen af te breken en de volgende dag zou ze haar verrassen. Afhankelijk van hoe hij op haar reageerde, kon hij inschatten hoeveel interesse hij voor haar voelde.

Zoals beloofd trok hij zich niet terug in zijn kamers. Het was een uitgestudeerd plan om Stuart weg te jagen en te manoeuvreren zoals hij van plan was. Ze bleef in de woonkamer tot sluitingstijd, en toen die bijna leeg was en de meisjes op het punt stonden te vertrekken, belde ze Betty en zei:

'Ga voor je naar boven gaat naar mijn kamers. Ik moet met je praten.

Het meisje verstijfde. Iets instinctiefs vertelde haar dat de dingen ingewikkeld waren geworden en dat ze het slachtoffer zou worden van Agnes' slechte humeur.

Hij verzamelde zijn kleren en ging naar de privékamers van de eigenaar van de gokhal. Ze wachtte op haar in de kast.

"Gebeurt er iets? vroeg Betty.

'Ja, lieverd, er gebeurt iets en God weet dat het me spijt, maar het moet zo zijn. Ik heb je een vriendelijke waarschuwing gegeven omdat ze je waardeerde voor wat je waard bent en je hebt haar veracht. Ik dacht dat als u mij, zoals u mij beter kent dan uw leeftijdsgenoten, mijn advies in overweging zou nemen.

'Ik weet niet wat je bedoelt,' antwoordde de jonge vrouw, hoewel ze vanaf het eerste moment wist van welke kant van de wond ze ademde.

"Je weet het, en je bent een hypocriet die het ontkent. Je houdt van die vreemdeling waar je al heel vroeg dol op bent, en dat doet me extreem veel pijn. Aangezien ik niet toegeef dat een man de voorkeur krijgt in mijn etablissement en u hierin volhardt, heb ik besloten het zonder uw diensten te doen, ondanks dat ik niet onwetend ben over uw waarde. Ik ga uw account aanmaken en ik weet zeker dat het niet lang zal duren om een andere plaats te vinden om uw diensten te verlenen.

Het meisje was gekwetst door zo'n scherpe beslissing en antwoordde:

"Je hebt geen reden om dat te doen. Stuart is een klant zoals alle anderen en ik heb hem gediend zoals anderen. Je schijnt te vergeten dat vele nachten, wanneer een goede klant via mij vele dollars aan drankjes heeft uitgegeven, jij de eerste bent geweest die me adviseerde om me aan hem op te dragen en zijn hand niet te verlaten.

"Geeft Stuart veel uit? zei Agnes droog.

"Kijk niet egoïstisch naar geld", was het antwoord.

'De ogen waarmee je naar hem kijkt, zorgen ervoor dat je hem zo ziet,' zei Agnes scherp, 'en dat is precies wat me dwingt om deze beslissing te nemen. Je houdt te veel van Stuart, en dat, en niet de wens om mij te dienen, is wat je leidt om je voorkeuren aan hem te wijden Je bent verliefd op hem geworden en dat tolereer ik niet.

Betty, gestoken, bewogen en zei:

"Waarom? Omdat jij het ook leuk vindt?

"Zo ja, wat maakt het jou uit?

'Natuurlijk kan het me schelen,' antwoordde het meisje dapper. Van werknemer tot eigenaar kan ik niet met u concurreren, maar van vrouw tot vrouw wel.

Agnes prikte. Hij kon alles toegeven, tenzij iemand hem op die grond uitdaagde.

"Van vrouw tot vrouw zegt u? Vergeet je dat ik de helft van de mannen van San Francisco aan mijn voeten heb gehad en ze allemaal heb veracht?

Betty, zonder enige contemplatie jegens haar, bevestigde:

'Nou, dat moet zijn geweest omdat ze allemaal hun knieën te zacht hadden om in hun kielzog te buigen. U bent misschien de eigenaar van deze joint en draagt veel juwelen, maar vergeet dat er mannen zijn die daar niets in geïnteresseerd zijn en in plaats daarvan ben ik twintig jaar jonger dan u.

Die zinnen waren als een reeks dolken gericht op het hart van 'Californische schoonheid'. Betty had haar oud genoemd en ze kon het niet verdragen.

'Twintig jaar jonger? Wat weet je van mijn leeftijd? Maar zelfs als dat zo was, heb ik genoeg van wat je mist om een man te verstrikken als het mijn smaak is: wereld en wijsheid.

'En denk je dat dat je in dit geval zal helpen?

'We zullen zien. Als je van plan bent me uit te dagen, zal ik je vertellen dat Stuart alleen voor mij zal zijn en dat ik hem als een bal voor me zal rollen.

"Ik roep je op om het te halen," antwoordde het meisje, haar starend aankijkend.

'We zullen zien, Betty, en ik ga je nog iets vertellen. Ik geef je je salaris en een bevel. Ga uit San Francisco en probeer me daar niet te overschaduwen. Vergeet niet dat mijn macht hier groot is en dat als ik je als een belemmering zou beschouwen, je heel weinig zou leven om erom te lachen. Het is iets dat ik je waarschuw omdat ik niet wreed tegen je wil zijn.

"Ik kom hier niet weg", bevestigde ze energiek. "Je kunt me ontslaan, maar het zal me niet ontbreken aan een plek om te werken, of mannen om me te beschermen.

'Ik ben Stuart niet, de anderen kunnen me weinig schelen.

"Het zal degene zijn die ik wil en kies. Dat hoef ik je niet te vertellen.

"We zullen dat zien, en dromen er niet van om aan deze kant te handelen, waar Foot de eigenaar is. Ik zou alles geven wat ik vroeg, zelfs als ik me daarvoor aan hem moest overgeven, en je weet hoe ik het uitgeef als ik boos word. Als je denkt dat ik je toesta om te blijven zodat Stuart je vrij kan bezoeken, dan heb je het mis. Ga naar de zuidkant, waar het hem verboden is om veilig naar buiten te kijken, en dat hij niet meer over je weet.

'Ik ga waar ik wil of kan, en als Stuart een voorliefde voor me heeft, is hij een man die door niets kan worden tegengehouden. Dit is mijn laatste woord.

"Hij zal het niet doen, want voordat hij hem zou neerschieten.

Hij gooide verschillende gouden munten op tafel en zei:

'Daar heb je wat ik je schuldig ben. Pak de jouwe op en ga weg, maar vergeet mijn dreigementen niet. Ik ben verliefd geworden op Stuart en zolang ik hem niet beu word en hem als nutteloos afwijs, geef ik hem aan niemand op.

Betty, getransformeerd, wilde de discussie niet verder verzuren, maar beloofde intiem niet toe te geven aan haar rivaal. Ze daagde haar ijdelheid en zelfrespect als vrouw uit, en ze was vastbesloten om het te accepteren met alle gevolgen van dien.

Hij stopte het geld weg en ging naar beneden om zijn werkkleding op te halen. Toen ze de verlaten, donkere weg opliep, kwam ze in de verleiding om naar Stuarts lodge te gaan om hem verslag te doen van wat er was gebeurd, maar haar gezond verstand vertelde haar dat de tijd niet erg bevorderlijk was om naar de herberg te gaan. Hij zou wachten tot het daglicht was en hem bezoeken om hem achtergrondinformatie te geven over de redenen van zijn ontslag.

Ze was er niet helemaal zeker van of Stuart een voorliefde voor Agnes had, en als hij ernaar keek, zou blijken wat er daarna gebeurde.

En zonder zijn woede te bedwingen, trok hij zich terug in zijn verblijf.

* * *

Het was ongeveer één uur en Stuart stond op het punt zijn bed te verlaten toen een van de obers naar zijn appartement ging om hem te waarschuwen dat een zeer aantrekkelijke jonge vrouw naar hem vroeg.

Stuart raadde bijna wie het was. De avond ervoor was hij de gokhal niet erg overtuigd van Agnes' aftreden verlaten en hij vreesde dat hij in zijn ijdelheid en jaloezie wraak had genomen op Betty.

'Heb je je naam niet gegeven? Hij vroeg de ober.

"Nee, meneer", hij zei alleen dat hij u dringend moest spreken.

'Nou, vraag haar of ze Betty heet, en als ze ja zegt, laat ze dan een ontbijt voor twee maken. Ik kom meteen.

Hij kleedde zich zorgvuldig aan en waste zich, en een half uur later verscheen hij in de eetkamer, nog steeds verlaten. De ober maakte een tafel klaar met twee bestek.

Betty stond bij een tafel op hem te wachten. Hij kwam naar haar toe met uitgestrekte handen en een opgewekte glimlach op zijn vriendelijke gezicht.

"Hoe gaat het hier, meisje? "Hij zei haar bij de arm te nemen." Ze konden me niet op een aangenamere manier wakker maken. Kom hier zitten, ik nodig je uit om te lunchen en dan vertel je me de reden van dit aangename bezoek.

Ze was gevleid door de eerbied, maar niet in staat haar onbehagen te bedwingen, zei ze terwijl ze ging zitten:

"Het kwam niet zover. Ik kwam je vertellen dat Agnes me gisteravond uit de tent heeft ontslagen.

Hij keek haar aan en altijd glimlachend antwoordde hij:

'Ik had het al geraden toen je bezoek werd aangekondigd. Waarop is die papegaai gegrondvest om zoiets te doen?

'Daarin is ze jaloers op me', bevestigde Betty categorisch.

'Nou, in haar positie zou ik me net haar voelen. Er is iets dat de positie of het geld niet geeft, en dat Agnes het niet kan krijgen.

"Hij liet me iets soortgelijks zeggen, en hij ging door het dak. Hij heeft verklaard dat hij niet bereid is om wedstrijden toe te laten en heeft mij bedreigd.

'Wat bedreigde u, zegt u?

"Ja. Hij heeft me bevolen San Francisco te verlaten als ik mezelf niet aan ernstig gevaar wil blootstellen. Hij zegt dat ik niet moet solliciteren naar een baan in een gebouw waar Foot Controls is, omdat ik hem zou vragen me te onderdrukken, zelfs als ik moest toegeven aan hem.Hij wil met alle middelen vermijden dat je me ziet.En wat jou betreft, je hebt gezegd dat je haar zou neerschieten als ze er niet in zou slagen zich aan haar bevlieging over te geven.

'Nou, dat wordt een beetje moeilijk voor hem,' zei Stuart resoluut.

Na een korte aarzeling vroeg ze:

'Vertel me de waarheid, Stuart. Wat is er tussen jou en haar waardoor je zo fel jaloers bent?

"Nou ... niets dat ze zou willen, en dit is wat haar boos maakt. Hij heeft een dwaze illusie gemaakt die ik niet wilde laten verdwijnen, omdat het me op dit moment niet uitkomt, maar als hij volhoudt, zullen de dingen krijg gelijk, wat er ook gebeurt.Je neemt het te serieus en ik stem er niet mee in.

"Pas op. Hij zal met loden voeten moeten lopen, omdat hij zijn invloed bij Foot zal gebruiken om hem met al zijn mannen op te nemen. Hij weet wat hij zou geven voor haar om hem gezicht te maken en is in staat om het te doen om triomfantelijk te verschijnen

Stuart dacht na. Hij wist dat wat Betty suggereerde waar was en nu had hij spijt van bepaalde vertrouwelijkheden die hij aan Agnes had gedaan. Als ze Foot vertelde over haar plannen om de eigenaar van San Francisco te worden, zou de schutter niet aarzelen om te proberen haar weg te vagen.

Zonder zijn kalmte te verliezen, verzekerde hij:

'Maak je geen zorgen, meisje, alles komt goed. Wat ben je nu van plan?

"Ik weet het niet. Ik ben gedesoriënteerd.

"Nou, ik ga het je vertellen. Je gaat je onderkomen verlaten en je gaat in dezelfde herberg wonen. Je gaat nergens naar een baan solliciteren en je zult wachten.

'Ik moet werken. Hier is het geld snel op.

"Ik verdien meer dan ik nodig heb. U hoeft niets uit te geven en u wacht tot de situatie is opgehelderd. Het kan niet lang meer duren want dit is een kruitvat met een brandende lont. Het moet van het ene op het andere moment exploderen en we zullen zien wie het bereikt.

"Wat ben je van plan te doen?

"Niets van mijn kant. Ik zal ze dwingen het op te blazen en we zullen zien hoe ver het gat gaat. Als de rook is opgetrokken, weet ik hoe ik moet handelen.

'Wees heel voorzichtig met Agnes. Ik ken haar en ik weet dat ze niet zal aarzelen om haar leven in gevaar te brengen.

'Ik zal voor me zorgen voor de rekening die jij voor me hebt. Je eet en maakt je geen zorgen. Vandaag heb ik niet veel te doen en ik zal de dag aan jou opdragen. Vanavond weten we of er iets gaat gebeuren.

Hij wilde er niet meer over praten en toen de lunch voorbij was, had hij de best beschikbare kamer klaar voor Betty. Toen liet hij het op haar na en zei:

Wees niet geschrokken of bezorgd. Ik weet niet hoe laat ik vanavond terug zal zijn of of ik terug zal zijn, maar geloof me. Ik ben een hoogvliegende adelaar zodat niemand me in het donker kan laten zakken.

* * *

Agnes had een koortsachtige dag. Hij had toegegeven aan een gewelddadige uitbarsting van jaloezie door Betty te ontslaan, maar hij vroeg zich af wat de gevolgen zouden zijn. Hij begon Stuarts karakter te peilen en was bang dat Stuarts reactie averechts zou werken. Misschien had hij meer gewonnen door de zaak niet zo veel vluchten te geven, maar als hij zich uitgedaagd voelde, zou het de openbaring van de waarheid zijn en het begin van een verschrikkelijk duel tussen de twee.

Hij wachtte koortsachtig op het tijdstip van de afspraak. Hij had een geweldig menu laten maken en het was als nooit tevoren geretoucheerd.

Maar om tien uur viel het kasteel van illusies dat hij had gebouwd uit elkaar met een brief die hem werd bezorgd. Het was van Stuart en er stond simpelweg: 'Wacht niet op me voor het eten vanavond, want ik zal er niet zijn.'

Meer stond er niet in de brief, maar het was genoeg. Hij moet vernomen hebben van Betty's ontslag en de oorzaken ervan, en met de hardheid en abruptheid die hij in alles wist te gebruiken, antwoordde hij met die minachting. Zijn woede was zo groot dat hij in een vlaag van hysterie tegen de tafel schopte en deze op de grond gooide met alle kostbare gerechten.

Glazen en borden botsten met een helse klap toen ze braken, en de zwarte vrouw die hem bediende kwam doodsbang, maar Agnes, die een stuk glas naar zijn hoofd gooide, brulde:

'Ga weg, vuile rat! Ik wil niemand zien!

Het dienstmeisje trok zich geschrokken terug en Agnes luchtte haar woede door tegen de scherven van het servies te trappen. Toen, terwijl haar gezicht vervaagde van tranen terwijl ze over haar make-up rende, trok ze zich terug in haar slaapkamer en liet zich op het bed vallen, hyperarisch wanhopig.

HOOFDSTUK X

Met zijn zenuwen alert liet Stuart de dag voorbijgaan door te wachten op de nacht, die nachten waar hij zo van hield omdat voor zijn temperament het rijk van de schaduwen zijn eigen rijk was, hem konden brengen. Totdat het tijd was voor haar afspraak met Agnes, wist ze dat er niemand zou gebeuren, en dan... haar pech of geluk zou het einde betekenen van dit dramatische avontuur.

Daarom besloot hij om tien uur om Foot te ontmoeten en indien mogelijk niet van hem te scheiden. Als voorwendsel gebruikte hij bepaalde embryonale ideeën die hij had om Fritt aan te vallen, en de discussie zou ze zeker een groot deel van de nacht bij elkaar houden.

Hij was niet verkeerd. De schutter luisterde belangstellend naar hem en begon zijn ideeën een voor een met hem te bespreken, waarbij hij de ongemakken blootlegde die hij vond voor de realisatie ervan. Stuart kende ze van tevoren, maar zijn doel was niet om de hele nacht van Foot gescheiden te zijn. Tot ze hem om twaalf uur een brief brachten. Foot opende hem vreemd, en toen hij hoorde van de korte inhoud, zei hij:

'Laten we deze discussie bewaren voor een ander geschikter moment, Stuart. Agnes smeekt me dringend te gaan, omdat er op zulke momenten iets met haar moet gebeuren voor deze oproep.

"Bah! "Zei Stuart minachtend, hoewel hij het effect dat hij voelde bij de abrupte reactie van de boze vrouw niet kon verbergen." Misschien herinnert ze zich dat ze alleen woont en verlangt naar haar gezelschap

'Agnes?' antwoordde Voet, ongelovig.'Je kent haar niet goed. Ze is een marmeren vrouw, en hoe hard ik ook heb geprobeerd haar te veroveren, ik heb altijd gefaald.'

Wanhoop niet. Soms worden dingen bereikt wanneer ze het minst worden verwacht, en dat weet ik uit ervaring. Ik zou in plaats daarvan hoopvol gaan, want op een dag, misschien vanavond, heb je iets buitengewoons van je nodig en dan wordt compensatie opgelegd.

"Ik geloof daar niets van.

"Ja, want ik heb voorgevoelens. Voor het geval dat, wees voorbereid. Een vrouw die op dit uur dringend een man belt, is niet in een opwelling, en als het de moeite waard is, zal het altijd de moeite waard zijn om in aanmerking te worden genomen. Veel succes.

Voet begon te vertrekken. Voordat hij vroeg:

"Ga je met me mee?

'Waarvoor? Ik denk niet dat ik galant ben, want die dingen zijn privé en ik hou er niet van om idylles te verstoren.

"Dus wat ga je doen?

'Ik ga naar El Ace de Corazón.

'Het is goed. Als ik je nodig heb, zal ik je daar zoeken.

Ze gingen uit elkaar en Foot, behoorlijk geïntrigeerd door dit onverwachte telefoontje, ging op weg naar Agnes' hol. Toen hij het pand binnenkwam, was alles in orde. Een groot publiek, veel animatie en niets dat een gebrek aan normaliteit aan de kaak stelde.

Een van de bewakers van het pand zei hem toen hij hem zag:

'Ze wachten boven op u, meneer Foot.

Hij haastte zich de trap op en bereikte de kamers van 'Californian Beauty'.

Toen hij de ontvangstkamer binnenkwam, hekelde niets de gewelddadige woede van de scène. De schade was verdwenen, de vloer was schoon en het koffiewater kookte op tafel. Ook het kistje met de sigaren en whisky ontbrak niet.

Agnes, de tragische sporen van haar woede uitgewist, verscheen zoals altijd met make-up. Ze lag in een luie houding, rookte een sigaret en glimlachte van aantrekkingskracht. Voet begroette haar met een buiging van zijn hoofd en kuste toen galant haar zachte hand. Ze wees naar een stoel en zei:

'Ga hier naast me zitten, Voet. Ik hoop dat je geen haast hebt, want we moeten praten.

Foot herinnerde zich Stuarts insinuaties en kromp ineen. Het leek alsof een telepathische stroom hem had aangemoedigd om te spreken en de gevolgen stonden voor hem op het punt te komen.

Bezorgd antwoordde hij:

"Ik zit waar je bestelt en ik doe wat je me vraagt te doen. Je weet het altijd en ik hoef het je niet te herhalen, maar om het je te laten zien wanneer je het nodig hebt.

'Ik weet het, en ik denk niet dat ik er niet vaak over heb nagedacht. Ik had altijd een sterke argwaan bij mannen in het algemeen, maar als iemand constant is, weet te wachten en graden bereikt die anderen niet kenden of niet wilden bereiken, dan verdient hij opgemerkt te worden.

'Maak me niet hoopvol, Agnes,' zei de schutter nerveus. Begrijp hoe onaangenaam het voor me zou zijn om je daarna te verliezen.

"Wie weet. We hebben allemaal dingen binnen handbereik die soms onmogelijk lijken. Het kan zijn dat je tijd is gekomen.

"Over wat?

"Om te krijgen wat je wilt.

'Speel niet met me op die grond, Agnes,' zei Voet die opstond van de stoel en voor haar ging zitten om haar in de ogen te staren. "Het zou een heel gevaarlijk spel zijn. Waarom heb je me laten halen?

Agnes antwoordde, zonder haar glimlachende houding op te geven:

'Ik vind je leuk, Foot, ik vind je elke dag leuker omdat je een koppige, hele en stoere man bent. Zoals ik van mannen hou. Ik vraag me alleen af of je net zo aanhankelijk zou zijn voor een vrouw als dat je ruw zou zijn met die van je geslacht.

'Heb je het al eens geprobeerd? Ik heb je de kans gegeven om dat te doen en je hebt het afgewezen.

'Het is waar, maar ik denk dat ik je op de proef ga stellen, Foot. Wil je me een kus geven?

Hij keek haar verbaasd aan en kwam dichterbij. Zij was het die hem kuste en toen, hem afwijzend, zei toen ze abrupt opstond:

"Dit is misschien een voorproefje van veel, maar je moet het verdienen. Ik ben er zeker van dat jij zal.

Hoe moet ik het doen? vroeg hij verwoed.

"Een man vermoorden.

"Ik heb er zoveel vermoord, dat als het een prijs van zo'n kaliber verdiende, ik de vrouwen bij dozijn om mijn nek zou hebben hangen. Als je liefde maar het leven van nog een man kost, kan ik je het leven van vijf of zes aanbieden als compensatie.

'Eén is genoeg voor mij, Foot.

"Nou, vertel me wie hij is en hoe je wilt dat ik hem dood, in jouw aanwezigheid, met geweerschoten of met stukjes.

'Hem vermoorden, het kan me niet schelen hoe je het doet. Dit is je tweede, Stuart.

'Wat zeg je?' vroeg Foot verbaasd.

"Hij is het en ik zal je verschillende redenen geven om zijn dood te willen rechtvaardigen. Stuart is een ijdele en verwaand man die gelooft dat hij alles kan bereiken wanneer hij het wil, en een van de dingen die hij probeert te bereiken... ben ik, maar zijn ijdelheid is zo groot, dat hij zichzelf heeft overtroffen. Om te proberen me te veroveren, vergetend of verachtend dat jij en ik echte vrienden zijn, en ook vergetend dat je verliefd op me bent, omdat hij het weet, heeft hij me aanbiedingen gedaan waaruit zijn cynisme blijkt.

"Hij heeft me verteld dat als ik naar hem luister en instem met zijn wensen, hij je van de wereld zal verwijderen, omdat hij de manier heeft bestudeerd om je te elimineren en je bemanning over te nemen. Zodra ik ja tegen hem zeg, zal hij heeft beloofd je voor je het weet te vermoorden en je leengoed over te nemen.Hij bood me een deel van de winst aan en droomde er zelfs van om later Fritt te elimineren en de absolute eigenaar van San Francisco te worden.

»Ik luisterde naar hem die probeerde mijn verontwaardiging en woede te onderdrukken. Ik wilde hem niet op zijn hoede zetten met een weigering en een afwijzing, en om tijd te winnen antwoordde ik dat ik erover zou nadenken en morgenavond zou ik hem een definitief antwoord geven, maar uit angst dat hij door zou gaan, meer als ik vermoedde dat hij je zou waarschuwen voor het gevaar dat je loopt, daarom heb ik me gehaast om je een bericht te sturen dat je vanavond moet komen. We hadden dat gesprek heel recent en ik was er snel bij om op mijn hoede te zijn, net als mijn plicht als vriend.

Foot, die Agnes' bedrieglijke woorden had horen verbleken van woede, knarsetandde op indrukwekkende wijze en brulde:

"Dat deze man zich in staat voelt om mij te elimineren?

"Dat was zijn voorstel. Ik voelde me zo vernederd door haar toen ik me realiseerde dat ze me wilde kopen voor de prijs van je leven, dat ik niet anders kon dan reageren. Je kunt me met mijn eigen wapens zover krijgen om vrouwen te overtuigen, maar niet door me op die manier te waarderen. Tussen jullie die me zoveel hebben aangeboden zonder grieven en hij die me het onmogelijke aanbiedt ten koste van verraad, heb ik niet getwijfeld. Ik geef de voorkeur aan jou en als je die gier hebt geëlimineerd, zal ik weten hoe ik moet leveren zoals je verdient.

'Wil je dat echt, Agnes? vroeg Voet, nerveus van enthousiasme.

"Als je weet dat Stuart dood is, kom het me dan vragen" antwoordde ze terwijl ze hem de beste van haar glimlach aanbood.

'Stuart zal vanavond sterven. Ik weet waar ik hem nu kan vinden en ik beloof dat ik zijn lichaam hierheen zal brengen om je te overtuigen. Wacht maar lang tot ik hem vind en mijn belofte nakom.

Hij schreed naar de uitgangsdeur naar de gereserveerde ladder en rukte de grendel naar buiten, maar een metaalachtige en verwondende stem als een mes en de koude loop van een revolver die zijn borst bedreigde, hielden hem tegen.

'Nog niet, Foot, dat is nog te vroeg. Voordat ik je toesta het te proberen, moet je naar mij luisteren en ook naar jou, Agnes. Pas op dat je niet de minste beweging maakt terwijl ik spreek, anders luister je niet naar mijn verhaal.

Zij en hij verstijfden van verbazing en angst omdat ze bedreigd werden door de revolver van de avonturier. Het minste dat ze hadden kunnen vermoeden, was dat ze hem zo dicht bij zich hadden, toen Foot geloofde dat hij rustig dronk van de Ace of Heart.

Maar Stuart was gedurfd. Nadat hij Foot had verlaten, volgde hij hem tot hij hem de joint zag binnengaan en later, vanaf de draaideur, zag hij hem naar de galerij gaan. Hij raadde wat er ging gebeuren en bedacht een gedurfd plan. Als hij de gereserveerde trap zou kunnen beklimmen zonder gezien te worden, zou hij misschien verbaasd zijn over waar ze het over hadden en zou hij weten hoe hij verder moest gaan.

En het geluk was hem gunstig gezind. De meid was door Agnes weggeleid met het bevel hen niet te storen, en de gang was verlaten.

Dicht bij de deur luisterde hij naar het hele gesprek en voelde woede over Agnes' verdubbeling. Hij loog schaamteloos tegen hem en had haar alleen de waarheid verteld dat het alleen in haar eigen belang was om hem aan te zetten hem te doden.

Zonder op te houden hen met het wapen te domineren, riep hij uit:

'Nu is het mijn beurt om iets te zeggen, Foot, en je te vertellen waar ze over heeft gezwegen. Het is misschien niet goed om te weten, maar voor het geval dat. Als er een vrouw in de wereld is die egoïstisch is en minachting verdient, dan is het Agnes. Zijn hele leven heeft hij, volgens zijn eigen bekentenis, met mannen gespeeld, zonder genade of liefde jegens wie dan ook en jij bent geen uitzondering geweest in het spel.

'Misschien deed ze het uit ijdelheid om degenen die haar zo smeekten te vernederen, maar zo was het, en alleen een man die haar niet vleide of om iets vroeg, bereikte wat de anderen niet deden, en dat was ik. Maar het is te ver gegaan. Wie niets vraagt is niet verplicht om iets te geven en ze heeft alles van me gewild. Haar passie voor welk concept dan ook paste niet bij mij en ik wilde die gevaarlijke knop dood laten voordat hij groeide, maar ze probeerde om het vast te nagelen en eeuwig te maken.

»Ik ben te jong om steaks te verteren die door de jaren heen op mijn gemak zijn geweest en ze heeft het niet willen begrijpen. In zijn jaloezie heeft hij iemand tot slachtoffer gemaakt die niets met deze zaak te maken had en heeft hij Betty het pand uitgezet, alleen maar omdat ze op haar gemak met mij danste en ik met haar. Hij dreigde zelfs je te dwingen haar te vermoorden als ze niet uit San Francisco zou verdwijnen, alsof ze me met die onwaardige dood aan haar zijde kon houden.

"Vanavond had hij me gevraagd om om tien uur te eten. Ik heb haar twee brieven gestuurd om haar te vertellen dat ik niet zou komen, en in haar wrok en woede nam ze jou als een instrument van haar wraak. Voor degenen die geen scrupules hebben , de betaling maakte hun niets uit en daarom hebben ze jou gebeld.

Ik had deze reactie verwacht. Daarom probeerde ik vanavond geen afstand van je te doen en toen je de brief ontving, vermoedde ik waarvoor je werd geroepen. Onthoud dat ik je waarschuwde dat je liefdesaspiraties misschien zouden worden vervuld wanneer je het het minst verwachtte. Maar aangezien ik niet bereid ben u het voordeel te geven uw mannen te gebruiken om mij als een hondsdolle kat lastig te vallen, heb ik besloten de dingen in hun normale proporties te laten. Van jou tot mij, van man tot man, alles is in orde, maar met voordelen voor jou, nee.

'Ze heeft niet bedacht dat haar egoïsme de oorzaak van jouw dood zou kunnen zijn en niet de mijne. Nu zal hij zichzelf ervan overtuigen dat hij weer een fout heeft gemaakt, want dat zal hij doen. Je hebt beloofd mijn lijk hierheen te brengen om hem die voldoening te geven; Ik laat hem de jouwe zodat zijn woede en wanhoop nog groter zijn. Ik heb op je kunnen wachten en je straffeloos afmaken. Ik kan het hier ook met jullie allebei doen. Gewoon de vinger een plezier doen zou voldoende zijn, maar ik ben een beetje nobeler dan dat alles en ik ga je een minimale kans op succes bieden.

Plotseling, voordat Foot de tijd had om de beweging te volgen, stak hij zijn revolver in de holster en gebood met een metalen stem:

'Snel trekken, Voet.

De schutter dwong zichzelf het bevel niet te herhalen en trok aan het handvat van zijn veulen. Stuart trok weer zo snel als hij de revolver had opgeborgen, en twee schoten trilden voordat zijn vijand tijd had om op hem te vuren. Voet, van zo dichtbij in de borst geraakt, leunde zwaar opzij en viel op Agnes, die hem met een hallucinerend gehuil van afschuw en woede wegduwde en naar haar slaapkamer vluchtte, misschien uit angst dat Stuart haar hetzelfde zou aandoen. ze.

Maar Stuart gaf niet om haar. Hij was geen man die in staat was een vrouw te doden, hoewel hij zo'n laffe val voor hem zou hebben gezet. Wetende dat de explosie alarm in de kamer zou hebben veroorzaakt, haastte hij zich om de ladder te bereiken en zichzelf te verliezen in de schaduwen van de nacht, die sombere en mysterieuze schaduwen waarin de dood rondkwam en die gemakkelijker te slim af waren dan in volledige zon.

Hij verliet haastig de grote laan en verloor zichzelf door verschillende steegjes om zijn spoor uit te wissen. Nu wist hij dat hij zich in een zeer precaire situatie bevond, want hoewel hij Foot had onderdrukt, zoals zijn idee was, was hij gedwongen zijn plannen te bespoedigen en dat was niet de manier om hem uit te schakelen om de steun van zijn mannen te krijgen.

Nu zouden ze hem als wolven zoeken om hem af te maken en hij moest iets doen zonder tijd te verspillen. Hij kon profiteren van diezelfde schaduwen en vluchten, maar dit paste niet bij zijn temperament. Hij vluchtte pas toen de situatie wanhopig werd en dat was het nog niet. Zolang hij vrij was om te bewegen, was hij nog steeds een gevaarlijke vijand. Dit zou door anderen moeten worden geverifieerd om het alle waarde te geven die het bezat.

Wat hij op vele momenten zou gaan doen, wist hij niet, maar als hij tijdens de heerschappij van de schaduwen geen oplossing zocht, zou hij die niet bereiken in het heldere licht van de zon.

Plots bedacht hij een gedurfd plan. Iets van grenzeloze brutaliteit en gevaar dat misschien wel of niet zou werken, maar als het zou blijken te zijn zoals hij het projecteerde, zou hij er meer van kunnen winnen dan hij zou kunnen verliezen.

En snel, het pad weer volgend, bereikte hij het deel van de straat waar Fritt zijn leengoed had. Misschien zouden ze hem daar niet zoeken uit angst voor complicaties, en als hij het geluk had om Fritt snel tegen te komen, zou hij triomfantelijk uit de ruige uitdaging tevoorschijn komen.

In dit deel van de laan was alles kalm en stil, wat erop leek te duiden dat het bericht van Foots dood nog niet was rondgegaan.

Toen hij de joint bereikte waar de rivaal van zijn kortstondige baas een paar uur 's nachts verbleef, gluurde hij naar binnen door de draaideuringang. De stap die hij op het punt stond te zetten was op zich al te riskant en hij kon de twijfels van de schutter over hem en de manier waarop hij zich over de toekomst had uitgedrukt niet vergeten.

Maar hij had geen andere oplossing. Sluit je aan bij hem om voorlopig het best mogelijke voordeel te behalen of het risico te lopen op elke straathoek opgejaagd te worden door de mannen van zijn bende die hem de dood van hun baas niet zouden vergeven.

Hij ontdekte Fritt aan een tafel pokeren met drie anderen. Het leek niet het juiste moment om hem te benaderen door het spel te onderbreken, maar hij had geen andere keuze dan dit te doen.

Hij duwde de deur open en trad binnen. Fritt draaide snel zijn hoofd en toen hij hem ontdekte, wierp hij een diepe blik op hem en leek geïntrigeerd door zijn aanwezigheid.

Toen Stuart resoluut de tafel naderde, draaide de schutter zich een beetje om in zijn stoel om hem aan te kijken en keek hem vragend aan.

'Goedenacht, Stuart,' zei hij. Hoe gaat het hier?

'Ik zou graag een paar minuten met je willen praten, Fritt. Het is iets waarvan ik denk dat het je kan interesseren.

'Ik hoor je, Stuart.

'Het spijt me, maar het is van een bepaalde aard. Later, als u het nodig acht om bekend te maken wat we praten, zal ik me er niet tegen verzetten.

Fritt verzamelde kalm zijn geld en legde de kaarten neer. Toen wees hij naar een deur aan de achterkant, wijzend op:

"Volg mij.

Een van hun tafelgenoten stond op om hen te volgen. Fritt hield hem koeltjes tegen en zei:

"Onnodig.

Maar Stuart bood Fritt aan:

"Als je wilt dat ik mijn revolver overhandig als garantie dat ik hier alleen ben om met je te praten, zal ik het je overhandigen, maar op dit moment wil ik niet dat iemand zich in ons gesprek mengt.

Hij hief zijn armen om de holster te laten zien die ontwapend moest worden. Frits antwoordde:

'Het is niet precies, Frank, terugtrekken.

De lijfwacht gehoorzaamde en ze gingen allebei een donkere gang in die verlicht werd door een zwaaiende olielamp, totdat ze een hokje bereikten.

Al daarin wees Fritt een stoel aan:

Ga zitten en praat. Dit lijkt me allemaal erg mysterieus, Stuart, maar ik veronderstel dat er een dwingende reden is voor dit interview.

Ja, inderdaad een beetje mysterieus, en die reden is er, maar jij bent degene die moet beslissen of het moet worden uitgebazuind of dat het geheim moet blijven. Wil je eerlijk antwoord geven op een vraag?

"Als er geen reden is om mij anders te verplichten, doe ik dat graag. Ik vroeg om.

"Wil jij de absolute eigenaar zijn van de straat van San Francisco?

Fritt keek hem aandachtig aan en antwoordde:

'Dat zou mij net zo behagen als Foot dat zou doen, maar ik denk niet dat het in hun macht ligt om het aan iemand van ons te geven.

'Misschien zit ik daar fout. Het is iets dat ik u op dit moment kan aanbieden.

Fritt antwoordde koeltjes:

"Als je me voor een dwaas hebt gehouden om gevaarlijke haken te slaan, heb je de verkeerde maatregel genomen ... en dat kan heel gevaarlijk voor je zijn.

"Er is geen lokaas, maar een realiteit die je kunt kalibreren wanneer je maar wilt. Als je geïnteresseerd bent, ben ik in een positie om je aan te bieden waar je zo naar verlangde en wat je moest opgeven omdat je met zo'n harde beet als het was niet in staat was om Foot van je stap te verwijderen.

'Welke prijs bent u van plan om zijn verraad te betalen? vroeg Fritt minachtend.

'Prijs, geen, want er is geen verraad, maar dan laat ik het aan uw oordeel over om gewoon te waarderen wat ik u aanbied. Ik wil met grove oprechtheid waarschuwen dat ik u het aanbod doe omdat u in een positie bent om de vrucht te nemen en ik niet; als dat zo was, integendeel, zou ik het voor mezelf hebben gehouden.

"En waar gaat het over?

'Ik heb net Foot vermoord.

Fritt trilde als een stalen veer. Toen, zijn onderzoekende blik herhalend, vroeg hij:

'Waarom heb je Foot net vermoord?

"Ik heb gezegd dat 'ik Foot heb vermoord', niet dat ik hem heb vermoord en ik kan bewijzen dat ik hem van man tot man heb vermoord en hem tijd heb gegeven om te tekenen. Ik was niet in mijn gedachten om dat te doen, maar het lot had het zo geregeld en ik moest de zaak aanvechten.

En als dat het geval is geweest, waarom zou u dan geen gebruik maken van de gelegenheid?

'Ik heb het je al verteld, want dat kan ik niet. Het is geen vrijgevigheid, maar noodzaak, en voordat de vrucht van die dood verloren gaat, bied ik het aan aan iedereen die het kan verzamelen. Het is het instinct tot zelfbehoud en de trots om niet als een lafaard te verdwijnen die me hier brengt. Ik heb Foot vermoord voor iets dat niets met de zaak te maken had en zonder dat ik ruzie zocht. Het was allemaal geboren uit jaloezie van de meest verachtelijke vrouw, en aangezien ik er bij haar op aandrong me te vermoorden, moest ik op de zaken vooruitlopen.

'Agnes misschien? vroeg Fritt, geïntrigeerd.

"Ja. Ze probeerde me te vangen in haar netwerken en omdat ik haar verachtte, belde ze Foot en vertelde haar leugens en vroeg hem om me te vermoorden in ruil voor ... ermee in te stemmen haar vriend te zijn toen ze haar zo vaak had veracht. Hij, die nog steeds verliefd op haar was, beloofde haar mijn lijk te brengen in ruil voor die belofte. Er was geen optie en voordat hij me vermoordde, vermoordde ik hem, maar ik deed het van aangezicht tot aangezicht, in het bijzijn van haar en gaf haar de tijd om te tekenen .

"Vertel me wat er gebeurd is.

Stuart gaf hem een vluchtig verslag van de gebeurtenis. Toen voegde hij eraan toe:

"Wat kon ik na dit alles doen? Ik zou alleen met de rest van de bemanning moeten vechten en ik ben geen kolos en ik kan ook niet op twintig plaatsen tegelijk zijn. Ze zullen naar me zoeken om me te elimineren en aangezien iemand van die dood moet profiteren, niemand beter dan jij, die georganiseerd is en hen kan bestrijden in deze momenten van desoriëntatie voordat ze herbouwen en iemand benoemen om Foot te vervangen. Nu zijn rivaal dood was, was ik de enige solide kop die de teugels overnam en het is geen tijd. Als ze smoothies zien en zonder baas, zullen ze niets kunnen doen en ben jij de absolute meester van de straat.

"En jij, wat zal het zijn?

"Ik laat het aan jou over. Misschien kan het later nuttig voor je zijn, geloof het of niet.

Fritt antwoordde, na even nadenken:

'Wacht hier een beetje op me.

Ze ging de gang in en belde Frank, terwijl ze een paar minuten zachtjes tegen hem praatte. Zijn tweede verliet snel de herberg.

Fritt keerde terug naar het hokje en zei koeltjes tegenover de avonturier:

'Luister, Stuart, ik waardeer het om mannen te kennen en ik dacht dat ik je kende zodra ik je zag. Je bent niet iemand die een leeuwenstaart is als je denkt dat je een muizenkop kunt zijn.

'Zelfs dat niet,' antwoordde Stuart stoutmoedig, 'of leeuwenkop, of niets.'

"Ik ben blij dat hij zo oprecht is. Je kunt een heel nuttige man zijn, maar net zo gevaarlijk als op een kruitvat zitten terwijl de lont brandt. Daarom zou ik hem nooit toelaten tot mijn bende.

"Wat moet ik doen! Ik zal mijn ontslag indienen.

'Maar ik wil ook geen misbruik maken van je werk en je aanbod, want als ik dat deed, zou ik je nog steeds als vijand hebben en zou ik gedwongen zijn je te elimineren, of in ieder geval te proberen. Daarom doe ik u een goed voorstel.

"Kom op.

'Ik ga proberen wat je me voorstelt zodra het nieuws en de rapporten die ik heb besteld bij me zijn. Je zult me helpen de straat van vijanden vrij te maken om succes te verzekeren en wanneer dit is geconsolideerd, zal ik je tienduizend dollar geven als betaling voor je diensten en zul je op een paard rijden en San Francisco voor altijd verlaten.

"Hij verzekert me dat hij verliefd is geworden op dat meisje genaamd Betty en dat hij haar onder zijn hoede heeft. Met dat geld kan hij haar meenemen en een rustigere plek vinden waar ze zich aan zijn zijde kunnen vestigen, een nieuwe campagne, ver van hier, of zich wijden aan de zorg voor het land als een welverdiende onderbreking van zijn activiteiten. Als hij het accepteert, zullen we allebei winnen met het pact.

Stuart aarzelde geen moment:

"Ok," antwoordde hij, "ik stel maar één voorwaarde.

Zeg het.

'Laat me onze meningsverschillen met Agnes oplossen als alles voorbij is.

'Zou ik haar kunnen vermoorden? vroeg Frits.

"Niet doen. Ik ben geen moordenaar van vrouwen, als Agnes een vrouw kan worden genoemd, maar op de een of andere manier moet ik haar verraad en haar leugens straffen. Ze heeft veel gewonnen ten koste van weinig bloot en draagt erg dure sieraden op haar handen en nek Ik denk dat Betty's nek en handen er beter uit zullen zien.

'Goed. Dat maakt mij niet uit. Voor jou Agnes en haar verdomde juwelen. Wat ik wil is het andere.

'Dan niet meer praten. Vanaf dit moment heeft hij mij onder zijn bevel.

Laten we wachten tot Frank terugkomt en zijn nieuws bevestigt. Dan doen wij de schoonmaak. Kom met mij mee.

Ze gingen de woonkamer in. Fritt beval dat de afwezige leden van zijn bende dringend door alle gebouwen van zijn rechtsgebied moesten worden gefouilleerd en dat ze zich daar zo snel mogelijk moesten verzamelen. De nacht zou tragisch en hectisch worden en had al zijn elementen nodig. Toen ze aankwamen, bestelde hij een fles whisky en bood Stuart een drankje aan; het leverde:

"Door de enige eigenaar van San Francisco.

"Omdat je het ziet voordat je het verlaat.

En ze dronken allebei hun bril en keken elkaar intens in de ogen.

HOOFDSTUK XI

DE TRAGISCHE NACHT

Even later kwam Frank terug. Er lag een zekere nervositeit op zijn gezicht en met een knik knikte hij op wat Fritt hem met zijn ogen vroeg.

"Wat is daar?

'Een grote opschudding, baas. Ik heb kunnen zien dat Agnes' joint bruist van de mensen. Zelfs bij de deur de nieuwsgierige menigte.

Heb je iemand gezien die je kent?

"Ja. Ik heb Walter "the Cross-eyed", James "the Ferret" en Jim "Six Fingers" gezien. Binnen moeten er nog meer zijn.

'Goed. Zodra onze mannen bij elkaar zijn, bereid je dan voor met lood. We gaan tussenbeide komen in het feest.

Frank en de andere twee die met Fritt aan het spelen waren toen Stuart binnenkwam wierpen hun baas een verbaasde blik toe.

"Wij? Is er iets dat ons raakt? Zei een.

"Veel. We gaan profiteren van het evenement om te bereiken wat we tot nu toe niet hadden bereikt. Dead Foot, die het hoofd van de organisatie was, ze hebben geen baas en voordat ze zichzelf organiseren, gaan we profiteren van de verwarring Als de zon opkomt, moeten we de enige eigenaren van San Francisco zijn.

'Betekent dat dat er weer gevochten zal worden?

"Wat ze maar willen accepteren. Als we ze verrassen en hun gelederen ontruimen, zullen ze ervan overtuigd zijn dat ze hier niets meer te doen hebben. Maak je klaar.

Beetje bij beetje begonnen de mannen te arriveren. Stoere jongens met een slecht gezicht, mannen die al gehard waren in de ups en downs van het gevecht, die geïntrigeerd raakten door het telefoontje en die een blik wierpen op Stuart, zich afvragend wie deze man was en wat ze van hen wilden.

Fritt, koud en dominant, legde in grote lijnen uit wat er was gebeurd en wat hij van hen nodig had. Ze zouden door de straat van San Francisco tekeergaan en meedogenloos elk obstakel verwijderen dat in de weg zou staan aan datgene waar ze zo naar verlangden en waar ze eerder zo veel voor hadden gevochten.

Een kwartier later had Fritt twintig man om zich heen verzameld. Toen hij ze telde, miste hij er een paar, maar hij was niet van plan om nog langer te wachten. Al die tijd die verloren was, kon ze tegen hem werken en ze wilde niet dat het zo zou gebeuren.

Hij gebaarde naar Stuart en beval:

"Ga. Jij aan mijn zijde.

"Waar je maar wilt. Ik zal mijn gezicht niet omdraaien op het moment van de viering.

Fritt antwoordde niet en Stuart stelde een vraag:

'Heeft u al een aanvalsplan?

'Niet veel, maar wat. Als de meeste van hen in Agnes' tent zitten, denk ik dat we daar moeten beginnen.

"Dat denk ik ook. Wanneer het nieuws zich heeft verspreid, zullen ze ervan overtuigd zijn geraakt dat de dood van Foot waar is. Daar kun je een goede raid doen.

Onderweg gaf Fritt scherpe bevelen. Allen moesten in twee kleine groepen worden verdeeld en door verschillende paden stromen in een bepaalde minuut voor de gokhal.

'Het is twee uur,' zei hij, op zijn horloge kijkend. Om kwart over twee staat iedereen voor de deur.

Ze gingen uit elkaar, verloren in de schaduwen van de nacht. Terwijl de bende door de welvarende straten glipte, bleef Fritt achter met Stuart, Frank en een andere schutter.

In een langzaam tempo, getimed om niet voor of achter te lopen, trokken ze de straat op. De lichten van de etablissementen waren in vierhoeken omlijnd op het stof van de weg, en uit het interieur klonk het geroezemoes van de vrolijke stemmen van de klanten.

Al dat deel was nog kalm. Het woord had zich niet verspreid en dat bevredigde Fritt. Toen de eerste ontploffingen klonken, zou het tijd zijn om alarm te slaan in de stad.

Ze naderden de tegenovergestelde zone, toen ze symptomen van rusteloosheid begonnen waar te nemen. Sommige schaduwen bewogen snel naar boven en kort daarna ontdekten ze Agnes' hol, helder verlicht.

Bij de deur stond een verwarde en compacte massa die worstelde om naar binnen te kijken. Iemand moest haar tegenhouden, want ondanks de grootte van de plaats liet het hen niet passeren.

Fritt trok zijn revolver en keek op. Kleine groepjes naderden de deur en zeiden tegen Stuart:

'Ga. Het veiligste is dat ze zullen proberen te voorkomen dat we binnenkomen, maar als ze dat doen, schieten we onze kant op.

Stuart kwam zonder aarzelen naast hem staan met het veulen in de hand en in een compacte groep bereikten ze de deur.

Sommige van zijn mannen, met getrokken revolvers, waren aan een kant van de draaideur gaan staan en bedreigden degenen die probeerden binnen te komen. Fritt begon zich een weg te banen om de deur te winnen nadat hij Frank een bevel had gegeven.

"Als we dichtbij komen, zullen we die twee jongens uitschakelen.

'Het zijn 'de schele' en 'zes vingers',' merkte Frank op.

"Alsof ze de duivel zelf zijn. Beter.

Ze gingen verder. Het licht van de lampen die aan de deur hingen, hekelde hen. 'Six Fingers', toen ze ze ontdekte, maakte een gebaar en leek even te aarzelen, maar had geen tijd om te reageren. Vier schoten trilden en hij en zijn partner verdwenen achter het draaiende mes alsof ze in het niets werden gezogen.

Fritt sprong op de deur en beval:

'Maak dit allemaal snel duidelijk!

Maar de schoten waren effectiever dan het bevel. De val van de twee ongewensten en de aanwezigheid van Fritt waren genoeg om ze op de vlucht te jagen. Daar ademden ze alleen de lucht van de dood in en hun nieuwsgierigheid bereikte niet het punt van het nutteloze offer.

De ingang werd als door betovering vrijgemaakt toen Fritt, Stuart en Frank en hun metgezel naar binnen sprongen en over de lichamen van de twee gevallenen liepen. Bij binnenkomst zagen ze dat het pand was ontruimd van klanten en dat er slechts een half dozijn mannen van Foot's bende in waren, de rest was boven.

De schoten hadden hen gedwongen hun blik op de deur te richten, op het moment dat de vier Onverschrokken als tijgers sprongen om binnen te komen.

Ze zagen hoe ze zich op de dichtstbijzijnde tafels wierpen, ze op de grond gooiden en zich ermee bedekten, op het moment dat de rest van de bende probeerde het pand binnen te rennen.

Ze schoten woedend op de deur. Iemand huilde van de pijn terwijl ze op lood kauwden, en een zwaar salvo donderde op het gewricht. Fritt en zijn drie metgezellen, verschanst achter de tafels, vuurden beurtelings op zoek naar hun vijanden en hoewel sommigen van hen probeerden goede dekking te zoeken achter hun geïmproviseerde borstweringen, werden drie van hen geraakt voordat ze dekking konden zoeken en vielen in het midden van de kamer, geschoten met geweerschoten.

De andere drie schoten woedend, maar zonder hun doel te kunnen bepalen, omdat het dodelijk was om hun hoofd over de randen van de harde planken te steken, waar de projectielen en stingers vastzaten, en even trilde het geblaf van de veulens. somber, met een verschrikkelijk gebrul.

Tot er nerveuze en gespannen mannen boven aan de galerij begonnen te verschijnen met getrokken wapens. Het grootste deel van de bende had zich verzameld in Agnes' kamers, waar het lichaam van Foot zich bevond, en het gebulder van ontploffingen waarschuwde hen dat er beneden iets onvoorziens plaatsvond.

Al snel verzamelden stemmen die de aanwezigheid van Fritts bende aankondigden, en als wilde dieren stroomden ze naar de galerij om zichzelf te verdedigen en de nieuwe vijand het hoofd te bieden. Er brak een verschrikkelijk gevecht uit tussen degenen die beneden waren beschermd met tafels en kolommen en degenen boven probeerden de aanval te voorkomen.

Die vielen aan, beschut achter de veranda, schoten naar beneden op zoek naar hun rivalen en ze plunderden de galerij met meer voordeel, omdat de bescherming die de balustrade hen bood zwakker en kwetsbaarder was.

Van tijd tot tijd kondigde een kreun, een vloek of een doodsschreeuw de goed gerichte inslagen aan. Er was niets dat ze van daaruit konden proberen als ze niet besloten om de hal te bereiken en hun vijanden weg te vagen.

Plots verscheen Agnes, gekleed in een opvallende avondjurk en glinsterende juwelen, in de galerij met twee getrokken revolvers. Magnifiek en dapper kwam ze de mannen van Foot opvrolijken en tot de strijd dwingen.

'Ga je gang als je zo dapper bent als je denkt! "Geschreeuwd." Dit kan alleen het werk zijn van dat varken Stuart die jullie allemaal heeft verkocht. Waar ben je, verraderlijk varken? Waarom laat je je gezicht niet zien als mannen?

Sommige kogels schoten tragisch langs haar heen. Fritt, er zeker van dat ze zou worden gedood, stak zijn hoofd in een ernstige uiteenzetting van zijn leven en schreeuwde:

'Ga daar weg, Agnes. Niets gaat met je mee.

'Ben je daar, verraderlijke hond? "Gebrul." Ik had het moeten bedenken.

'Ga weg,' schreeuwde Fritt, terwijl hij weer naar voren leunde.

Als reactie schoot ze hem neer. Een van de projectielen schampte zijn haar en blies bijna zijn hoofd eraf. Fritt liep woedend op haar af, maar Stuart sloeg hem op de arm en zei:

'Niet doen, Fritt, het is een vrouw.

"Dat heeft me bijna gedood, de idioot.

Maar Stuarts poging was zinloos.

In het spervuur van elkaar kruisende kogels werd Agnes op tragische wijze getroffen en, voorovergebogen op de veranda, glipte ze eruit, liet haar wapens vallen en viel van achteren als een mooie pop.

De mannen van Foot, die haar zagen vallen, voelden een moment van ontmoediging, maar reageerden daarop en wierpen zich woest de trap af. De strijd moest beslist worden en vanuit zo'n fragiele positie konden ze niets bereiken.

Maar de helft bleef op de ladder. Een voor een schoten ze op hun vijanden, waarbij enkele slachtoffers vielen, maar de gevechten waren al erg ongelijk en hoe minder durfden terugvielen en van de galerij verdwenen.

Tegen de tijd dat de strijd ophield en Fritt koeltjes telde, hadden twaalf vijanden in het stof gebeten.

Hij had er twee verloren en had drie ernstige verwondingen.

Stuart keek Agnes met mededogen aan in plaats van woede en besloot niets aan te raken wat ze aan had.

'Ik heb maar één woord, Stuart. Je hebt me gegeven wat ik wilde en het is niet meer dan eerlijk dat ik betaal. Kom met me mee en we zullen deze zaak regelen, maar op voorwaarde dat je San Francisco bij zonsopgang verlaat.

"Ik heb ook maar één woord. Gaan.

Fritt liet twee mannen in de studeerkamer achter om de gevallenen te verzorgen en keerde met Frank en een half dozijn anderen terug naar de plaats waar hij zijn bemanning ontmoette. Hij was er al en bestelde:

"Whiskey voor iedereen. We hebben het verdiend.

Het leek er niet op dat hij getuige was geweest van zo'n bloedbad, want hij was sereen en glimlachte. Ze dronken gretig en zeiden toen:

'Het woord is woord, Stuart. Hier is je geld.

Hij legde zijn hand op zijn borst en haalde er een uitpuilende portemonnee uit. Van haar nam hij het aangeboden bedrag aan, gaf het hem en nodigde hem uit:

"Drink nog een glas op mijn gezondheid. Laat ze hem het beste van dienst zijn. "Stuart stak het geld in zijn zak en ging naar de bar om iets te drinken. Terwijl hij dat deed, hief hij zijn hoofd op en in de spiegel, te midden van de opeenstapeling van flessen die zijn zicht half blokkeerden, ving hij een gebaar op van Fritt naar Frank. Hij knikte. Maar Stuart, sereen en dominant, beschuldigde de ontdekking van dat expressieve en tragische gebaar niet voor zijn veiligheid. Hij bedankte de traktatie en stak zijn hand uit naar de schutter.

'Moge je geluk hebben en veel geld verdienen,' zei hij. Ik hoop dat je me ooit nog herinnert.

"Natuurlijk zal ik hem onthouden. Ik vergeet de levenden of de doden niet', was het raadselachtige antwoord.

"Bij mij gebeurt hetzelfde.

"Wanneer ga je?

"Morgenochtend. Vandaag is het laat en ik ben moe.

"Nou, goede reis en veel geluk.

Stuart verliet de joint en stapte de schaduwrijke oprit op. Instinct vertelde hem dat er groot gevaar op de loer lag en dat hij het moest beheersen. Met minder mensen in de buurt zou hij Fritt als verrader hebben uitgeroeid, maar het zou zelfmoord zijn geweest.

Hij keek diep om zich heen en ontdekte de schaduw van een nabijgelegen Tejavana. Hij stak snel over, greep de houten lat en won met de behendigheid van een aap het dak.

Hoewel hij zich in een precaire situatie bevond, kon hij erop gaan liggen en wachten. Kort daarna zag hij heimelijk Frank en drie andere gewapende mannen naar buiten komen, zich aan de gevels vastklampend om onopgemerkt te blijven.

Ze doorzochten de straat zonder hem te ontdekken. Verbaasd liepen ze naar het midden van de weg en keken op en neer zonder hem te vinden.

'Stralen van de hel!'riep Frank.'Heeft de aarde hem opgeslokt?

'Hij moet zijn weggelopen,' zei er een. "Hij zou bang zijn dat we zijn geld opschoonden.

"We gaan het hoe dan ook opruimen. Als u nog niet bij de herberg bent aangekomen, wachten we tot u binnenkomt en zo niet ... om te vertrekken, wat dat betreft.

Ze verdwenen langs de weg. Stuart wachtte, zonder van zijn observatorium af te komen.

Een half uur later verliet Fritt de tent met twee van zijn mannen. Stuart hoorde hem zeggen:

'Ik ga naar bed omdat ik moe ben. Ik denk dat Frank erin geslaagd is die vent te pakken te krijgen. De tienduizend dollar wordt morgen gedeeld.

'Zullen we met je meegaan, baas?

"Niet doen. Het gevaar is geweken. Vanaf dit moment zijn wij de meesters. Morgen vertel je me hoe het allemaal is afgelopen.

Een van zijn mannen antwoordde:

'Denk je dat we de avond eindigen in de Vanity?

"Vanwege die tienduizend dollar gaan we uitgeven.

Het voorstel aanvaardde, ze gingen verder met Fritt de straat op, maar dertig meter verder scheidden ze zich van hem af om een andere zaak binnen te gaan. Fritt keek om elkaar heen en, terwijl hij de verheven eenzaamheid van de straat zag, vervolgde hij zijn weg.

Stuart, altijd glimlachend, daalde af van de tejavana en liep, vastgelijmd aan de gevels, achter de schutter aan. Hij was bereid een zware klus te klaren voordat hij vluchtte.

Fritt verliet de straat van San Francisco en ging de ene kant in, ging toen naar een andere parallel aan de drukke weg en bereikte weer een smallere.

Stuart was hem als een kat gevolgd, de afstand verkleinend tot hij, toen hij die steeg bereikte, in de overtuiging dat dit de juiste plaats was voor zijn plannen, besloot koeltjes te handelen.

Hij verliet de bescherming van de huizen en sprong in het stof van de weg. Fritt, twaalf meter verder, zou de projectie bereiken van een vierkant van licht afkomstig van een kleine taverne die op zulke uren nog open is en toen hij de lichtopening binnenging, riep Stuart hem:

Frits. Ik ben hier om je te vermoorden voor een verrader.

De schutter krabbelde met zijn revolver en probeerde het lichaam voor het licht te verbergen, maar hij had geen tijd. Een schot trilde en de raket raakte hem in de borst. Hij struikelde een paar keer en viel op de grond. Stuart rende naar hem toe, revolver in de hand, en kwam naar hem toe.

Fritt was oog in oog in de sterrenhemel gevallen en hijgde. Stuart reikte snel in de jaszak van de man en haalde de uitpuilende portemonnee tevoorschijn. Toen sprong hij in het schaduwgebied en ging er snel vandoor.

Toen de uitbaters van de herberg besloten om naar buiten te gaan om te kijken wat er was gebeurd, kronkelde Fritts lichaam in doodstrillingen. Niemand kon zien wie hem had vermoord of waar de moordenaar was gevlucht.

De laatste, tevreden met zijn wraak, glipte door verschillende steegjes op weg naar het hotel. Hij wist wat er voor hem op de loer zou liggen, maar hij had zijn plannen om de hinderlaag te ontwijken niet verwaarloosd.

Het veiligste was dat de schutters, die hem onderweg niet vonden, erachter zouden zijn gekomen als hij al was gearriveerd en er zeker van waren dat hij dat niet had gedaan, ze in de buurt in een hinderlaag op hem zouden wachten. Het viertal neerschieten was niet een zaak van hem en hij moest hen te slim af zijn.

Het hing er allemaal van af hoe ze de bewaking hadden georganiseerd. Het hotel had aan de achterkant een palissade met een kraal en een poort. Hij had erover nagedacht toen hij daar verbleef, en had nooit verzuimd om opnames te dekken. Hij wist dat het hek dicht zou zijn, maar het hek was gemakkelijk te springen.

Als een kat liep hij behoedzaam verder tot hij de achterkant van het hotel naderde. Eenmaal daar ademde hij met gemak, omdat ze blijkbaar niet vermoedden dat hij dat deel kon binnendringen en nog meer toen hij hun tragische plannen naar hem negeerde.

Met één sprong bereikte hij het hek en schoot omhoog. Toen hij in de pen viel, glimlachte hij.

Het had voor hem niet beter kunnen worden. Er was geen Foot meer, geen Agnes, zelfs niet dat varken Fritt, aan wie hij de hegemonie van de stad had gegeven en zo verraderlijk wilde betalen. Zijn rekeningen werden vereffend en hij had tienduizend dollar, die in de portemonnee van de dode man zat en zijn eigen spaargeld.

Altijd behoedzaam bereikte hij de achterdeur en ging het gebouw binnen, onopgemerkt door de dienstdoende klerk, die half achter de toonbank lag te dommelen.

Met een afgemeten en lichte stap bereikte hij de trap en toen hij de gang bereikte, bleef hij aarzelend voor Betty's slaapkamerdeur staan. Als het meisje een zware slaper was, zou de oproep de aandacht van de verzorger kunnen wekken en dit kan hem schaden.

Hij klopte discreet met zijn knokkels op de deur en al snel vroeg de verschrikte stem van de jonge vrouw:

"Wie belt er?

Hij legde zijn mond op de naad van de deur en fluisterde:

'Pas op, wees stil. Ik ben het, Stuart. Opent.

Kort daarna liet de jonge vrouw hem binnen terwijl ze mompelde:

"Oh mijn god! Wat is er aan de hand?

Nu zal ik het je vertellen. Dichtbij.

Hij ging de slaapkamer binnen en liet haar het licht niet aandoen. Ze konden goed zien in de schittering van de sterren die door het raam naar binnen drongen.

'Ik dacht dat je niet zou komen, Stuart,' zei Betty. Ik was bang dat...

"De nacht was niet erg rustig, maar het was leuk. Ik heb zoveel dingen gedaan dat ik me er nu over verbaas dat ik ze in zo'n korte tijd heb kunnen doen. Voor iets waar ik van nachten houd. Die hier in San Francisco zijn geweldig.

'Wil je me vertellen wat je hebt gedaan?

"Iets dat sommigen op dit moment vele duizenden dollars zouden geven om mijn buik met lood te vullen, en ik moet het vermijden. Kleed je aan, meid, we gaan weg.

"Waar?

"Ik weet het niet, maar ik weet wel dat we San Francisco op volle toeren verlaten. Er is nog maar weinig dag over en het weinige dat overblijft is waar we van moeten profiteren."

"Dus we kunnen niet wachten...

"Niet doen. Als je uit dat raam naar buiten kijkt, zie je vier mannen met revolvergeweren die wachten tot ik terugkeer naar het hotel om me eeuwige rust te geven. Ik ben over de muur van de kraal gesprongen om ze te slim af te zijn. Als het waren die solo's, ik zou misschien niet weggaan, maar ik heb de hele Fritt-band achter me.

"Die van Fritt? Ik dacht dat...

"Ja, want Foot's bestaat niet en Foot ook niet, want ik heb het op mij genomen. Later werd ik gedwongen om Fritt naar de hel te sturen, maar zijn mannen blijven. Ik verricht geen wonderen en ik weet hoe ik me moet terugtrekken wanneer het mij uitkomt.

"Vervolgens...

'De uitzendingen van San Francisco zijn op dit moment niet goed voor me, maar haast je niet; Ik ben goed betaald. Ik heb een zak vol geld, dat is het belangrijkste.

"We gaan naar San Antonio of een andere plaats en zetten een gokhal op. We zullen de eigenaren zijn en veel dollars verdienen.

"Waarom een gokhal? Ik zou meer de rust van een ranch of een boerderij willen. Ik hou niet van dit leven, Stuart, en als jij, als je... echt van me houdt... moet je jezelf niet blootgeven meer, want je hebt iets om mee te leven.

'Zou je dat echt willen, duif?

'Ik zeg je dat het me spijt, Stuart.

"Goed schat. We zullen het bespreken. Ben je klaar?

"Wanneer je maar wilt.

"Neem de meest nauwkeurige voor de reis en laat de rest. We kunnen niet veel vracht vervoeren.

Ze gehoorzaamde en met zijn hand gingen ze de hal in.

Hij leidde haar naar de kraal. Hij koos het beste paard dat hij erin vond en leidde hem de steeg in.

Hij zat er al in, nam Betty in zijn armen en hing haar in de lucht. Een paar seconden staarde hij haar aan en vroeg zonder haar op de stoel te zetten:

"Zou je echt op een ranch willen wonen?

"Ik zweer het bij de liefde die ik voor je heb.

'Nou, jij wint, kleintje; kus me.

Ze kuste hem hartstochtelijk en hij zette haar op de stoel.

Hij ging de hoek om en bereikte de uitgang van de stad. De maan weerkaatste op de zee met zilveren stralen en Stuart staarde naar het poëtische landschap, mompelend:

"De waarheid is dat je zo'n lieve en vriendelijke plek niet kunt verklaren voor de meest sinistere stad van Amerika om daar te zijn gevestigd. Als ik stroom had, zou ik San Francisco laten zinken met een aardbeving en het in brand steken om het te zuiveren.

En terwijl hij zachtjes een cowgirl-liedje zong, zette hij het paard in galop, terwijl hij op zijn borst het zachte contact van Betty's rug voelde en op zijn gezicht de zachte aanraking van haar gouden haar.

EINDE